Marita Bagdahn

Schlüsselkind

Geschichten von Menschen,
Tieren und Tarnkappen

FSC
www.fsc.org
MIX
Papier aus ver-
antwortungsvollen
Quellen
Paper from
responsible sources
FSC® C105338

Bibliografische Information der Deutschen Nationalbibliothek: Die Deutsche Nationalbibliothek verzeichnet
diese Publikation in der Deutschen Nationalbibliografie;
detaillierte bibliografische Daten sind im Internet über
dnb.dnb.de abrufbar.

Texte: © Marita Bagdahn, Bonn 2017

Herstellung und Verlag:
BoD – Books on Demand, Norderstedt
Satz, Grafik und Design:
Stefan Wolfschütz – HAIKU24.DE
ISBN: 978-3-744830-42-3

Inhaltsverzeichnis

Vorwort

In diesem Buch sind ein Teil meiner Geschichten, Fabeln, Märchen und Sachtexte der vergangenen Jahre versammelt. Viele von ihnen sind bereits an anderer Stelle veröffentlich worden – in einer Anthologie (*Blütenlese*, Auswahl) von Texten verschiedener Autoren und Autorinnen.

Die vorliegende Anthologie nun enthält ausschließlich Texte aus meiner Feder. Alle hatten große Lust, zwischen zwei identischen Buchdeckeln – also quasi unter einem Dach – zusammen zu kommen. Und ich hatte große Lust, ihnen das zu ermöglichen. Die Geschichten und Erzählungen habe ich noch einmal überarbeitet, besonders meine älteren Werke.

Einige der Texte erscheinen hier zum ersten Mal. Auch sie fühlen sich sehr wohl unter den ausgewählten Blüten, wie sie mir verraten haben.

Viel Spaß beim Lesen wünscht

Marita Bagdahn
Bonn, im Oktober 2017

Kurze Geschichten
und eine längere Erzählung

Schlüsselkind

Klaus Mertens trat aus dem Lift, die Einkaufstaschen rechts und links in den Händen, und steuerte auf seine Wohnung zu.

Wie ein leuchtendes Bündel hockte die Kleine in ihrem rot-gelben Anorak im Flur auf dem Boden, schräg gegenüber seiner Tür, die Beine angezogen, die Schultasche neben sich. Ihre wachen Augen folgten seinen Bewegungen. Und so, wie sie ihn ansah, hätte er fast vermutet, sie wolle mit ihm flirten.

»Guten Tag, Herr Mertens«, sagte sie fröhlich.

»Guten Tag.« Schnaufend stellte er die Einkäufe ab. »Was ist denn los? Hast du keinen Schlüssel?«

»Hmmm«, machte sie und zog die Stupsnase kraus.

»Oje. Und wann kommt deine Mutter?«

»Weiß nicht.« Sie rappelte sich auf und zauberte einen Blick, der jedem Dackel zur Ehre gereicht hätte. »Kann ich mit zu dir … äh … zu Ihnen kommen?«

Klaus Mertens schaute auf seine Uhr. »Wie lange arbeitet deine Mutter denn sonst? Es ist halb fünf.«

»Lange.«

Er zögerte und nickte gedankenverloren Frau Jänisch zu, die aufgetakelt und mit einer Veilchenduftwolke an ihnen vorbei rauschte. »Na gut, komm rein. Deine Mutter wird schon nichts dagegen haben.«

Ein Lächeln überzog das sommersprossige Kindergesicht. »Das ist richtig nett von Ihnen, wirklich.«

In der Wohnung setzte Klaus Mertens die beiden Taschen auf dem Küchentisch ab. Wie eine Klette hatte sich das Mädchen an ihn geheftet.

»Wie heißt du eigentlich? Ich kenne bisher nur euren Nachnamen.«

»Emma.« Sie blickte sich interessiert um. »Die Küche ist ganz schön alt.«

»Tja, Fräulein Naseweis, meine Frau und ich sind ja auch schon alt.«

»Meine Mama sagt, die ist im Krankenhaus.«

Er hängte seine Jacke an die Garderobe im Flur. »Da war sie. Jetzt ist sie in der Reha-Kur.«

»Ist sie sehr krank?«, wollte Emma wissen.

»Nein, es geht schon wieder ganz gut. Sie hat ein neues Hüftgelenk gekriegt, damit sie wieder laufen kann.«

Emma hatte ihren Anorak ebenfalls ausgezogen und hängte ihn dazu.

»Räumst du die mal an die Seite«, sagte Klaus Mertens und wies auf die Schultasche, die mitten im Weg lag.

»'Tschuldigung«, murmelte Emma und beeilte sich, Platz zu schaffen.

Dann folgte sie ihm zurück in die Küche und beobachtete, wie er die Lebensmittel wegräumte. Ein Bund gemischter Kräuter, den er in ein Wasserglas stellte, verströmte einen würzigen Geruch.

»Möchtest du etwas trinken? Ich habe allerdings nur Apfelsaft da. Wusste ja nicht, dass ich heute so hohen Besuch bekomme.«

»Ja, ist schon o.k.« Er goss zwei Gläser ein.

Unvermittelt fragte Emma: »Haben Sie auch Kinder?«

»Ja, einen Sohn. Aber der wohnt leider weit weg.«

Ihre Augen leuchteten kurz auf. »Und wie viele Enkelkinder haben Sie?«

Er schmunzelte und stellte das Glas vor ihr auf dem Tisch ab. »Na, mein kleines Fräulein, du bist ganz schön neugierig. Ich glaube, wir rufen jetzt erst einmal deine Mutter an, damit sie weiß, dass du hier bist.«

»Das geht nicht«, kam es wie aus der Pistole geschossen. »Die darf bei der Arbeit nicht privat telefonieren.«

»Ach! Und wenn etwas passiert sein sollte? Sie ist doch ganz allein für dich verantwortlich, oder?«

Emma knabberte an einem Fingernagel. Schließlich sagte sie: »Na ja, der Chef will nicht, dass ich sie dauernd anrufe.«

Klaus Mertens hatte sich auf einen Küchenstuhl gesetzt, Kekse auf einen Teller gelegt und Emma aufmunternd zugenickt. Nun sah er zu, wie sie auch Platz nahm und gierig ihren Saft trank.

»Wie groß ist denn deine … äh … Ihre Wohnung?«, fragte sie und wischte sich mit dem Handrücken über die Lippen.

»Na ja, Küche, Wohnzimmer, Schlafzimmer, Bad und Flur. 65 Quadratmeter.«

»Wir haben ein Zimmer mehr. Darf ich mir Ihre Wohnung mal angucken?«

»Meinetwegen.« Mit einem Achselzucken stand er auf, nahm den Gebäckteller und ging vor. »Die Küche kennst du ja schon. Und den Flur auch. Hier ist das Wohnzimmer.« Er öffnete eine Tür mit Milchglasscheibe und ließ Emma den Vortritt.

Es war ein fast quadratischer Raum. Ein großer Eichenschrank füllte eine ganze Wand aus, auf der anderen Seite standen eine braune Sitzgarnitur aus Leder und ein Couchtisch, vor dem Fenster wallten weiße Gardinen bis zum Boden und direkt davor stand ein einladender Ohrensessel. In einer Ecke tickte eine große alte Uhr.

»Wo ist denn der Fernseher?«, fragte das Mädchen.

Klaus Mertens verkniff sich ein Schmunzeln. »Das ist wohl das Wichtigste für dich, oder? Der ist im Schrank versteckt.«

Emma strich über das weiche Leder der Sofalehne. »Das fühlt sich schön an. … Und wenn Sie Besuch kriegen, sitzen Sie hier gemütlich um den Tisch – mit Ihrem Sohn?«

»Ja. Oder mit anderem Besuch.« Er stellte den Teller auf den Couchtisch.

»Kriegen … kriegen Sie oft Besuch?«

Klaus Mertens schüttelte den Kopf. »Was du alles wissen willst.«

Emma steuerte auf den Ohrensessel am Fenster zu. Im Nu wurde ihr Gastgeber wieder ernst. »Da kannst du nicht sitzen. Der gehört meiner Frau. Es ist ein Erinnerungsstück; nicht mal ich darf darin sitzen.«

Emma hielt inne, zog die Nase kraus, sagte »Das ist aber schade« und entschied sich für das Sofa. Dann griff sie nach den Keksen.

»Also«, sagte er und setzte sich ihr gegenüber in den Ledersessel am Tisch. »Wir bekommen nicht so oft Besuch, weil unser Sohn weit weg wohnt. Und viele andere Verwandte haben wir nicht mehr, meine Schwestern sind schon tot und mein Schwager lebt in Afrika. Du weißt, was ein Schwager ist?«

Emma nickte und überlegte. »Hätten Sie … ich meine … hätten Sie nicht gern mehr Verwandte? Enkel und so?«

»Na ja, vielleicht bekommen wir ja noch ein Enkelkind, wer weiß. Oder zwei.« Er musterte die kleine Nachbarin und beugte sich vor. »Was ist denn mit dir?«

»Ach, nichts.« Schnell steckte sie ein weiteres Gebäckstück in den Mund.

»Nun mal raus mit der Sprache!«

Emma kaute angestrengt, schluckte den Keks hinunter und sagte schließlich: »Ich ... ich brauche einen Opa.«

»Wie bitte?«

»Einen Opa. Bis nächsten Dienstag.«

Verblüfft sah Klaus Mertens sie an. »Bis nächsten Dienstag ... Aber du hast doch sicher zwei Opas, oder?«

»Nein«, sagte sie bestimmt. »Ich habe nur einen. Und der wohnt in München, und Mama und er haben sich mal wieder verkracht.«

»Aha, verstehe. Und der andere, ist der schon tot?«

»Nein. ... Weiß ich nicht, meine ich. Ich kenne ihn nicht.«

»Aha«, sagte Klaus Mertens wieder. »Also, was ist denn nun wirklich los? Wozu brauchst du so dringend deinen Opa?«

»Einen Opa«, berichtige Emma ihn. Sie starrte eine Weile vor sich hin, dann schaute sie ihm entschlossen in die Augen. »Also, in der Schule, da kommt immer von jemandem ein Opa oder eine Oma und erzählt was von früher. Wie sie als Kinder gelebt haben und so. Und nächsten Dienstag ist mein Opa dran. Und ich habe keinen. Das heißt, ich habe einen, aber der ist nicht hier, und er kann auch nicht kommen am Dienstag.«

»Hm«, machte Klaus Mertens und rieb sein großes Ohrläppchen. »Und außerdem hat er sich mit deiner Mama verkracht.«

Ihr »Ja« war nur ein Flüstern.

»Und warum ist dein Großvater nächste Woche dran? Kannst du das nicht verschieben?«

»Das geht nicht!«, sagte Emma und presste die Lippen fest aufeinander.

»Wieso geht das denn nicht?«

Es dauerte noch drei Kekse, bis sie die Antwort heraus brachte. »Weil … weil … ich den anderen immer von meinem Opa erzählt habe. … Wie toll der ist und was der alles erzählen kann und wie lieb der ist. Und dass er hier wohnt und dass wir darum hierher gezogen sind … und …«

»Verstehe«, sagte Klaus Mertens und wiegte den Kopf. »Du hast ein bisschen aufgeschnitten.« Als sie ihn verständnislos anblickte, ergänzte er: »Du hast geflunkert.«

»Na ja, wo ich doch auch einen Opa haben will. Hier in der Nähe, meine ich. Einer, der ganz lieb ist. So wie du. Äh, wie Sie. Meine Mama sagt nämlich, Sie sind total nett und wir können froh sein, dass wir so nette Nachbarn haben.«

Auf seinen Wangen bildeten sich zwei Grübchen, als er lächelte.

»Kannst du nicht mein Opa sein? Nur für Dienstag? Ich meine … nicht nur für Dienstag, aber erst mal für Dienstag?« Selbst die Sommersprossen auf ihrem Näschen wirkten jetzt traurig.

»Also, weißt du, Emma. Ich mag dich. Und deine Mutter auch. Ich werde allerdings nicht lügen und sagen, ich wäre dein Großvater. Das geht nicht.«

»Doch«, entfuhr es Emma. Erschrocken schlug sie die Hand vor den Mund.

»Ich werde nicht lügen, nur weil du in deiner Klasse mit einem Opa angegeben hast, den es gar nicht gibt.«

Ihre Mundwinkel zuckten bedenklich. »Kann ich dich nicht mal ausleihen? Jetzt wo Ihre Frau sowieso nicht da ist?«

»Einen Leihopa willst du?« Wieder rieb er an seinem Ohrläppchen. »Ich glaube nicht, dass ich mich dazu eigne.«

»Bitte!« Sie rutschte vor bis zur Sofakante. Hoffen und Bangen stritten in ihrem angespannten Gesicht und ihre Augen verdunkelten sich.

Eine Weile saßen die beiden still nebeneinander, nur das Ticken der Wanduhr war zu hören. Klaus Mertens runzelte die Stirn und seufzte. Ganz allmählich glätteten sich seine Stirnfalten wieder. »Na gut, es wäre eine Idee. Aber ich würde deiner Lehrerin und den Klassenkameraden reinen Wein einschenken.«

Emma sah ihn entsetzt an. »Wir dürfen doch keinen Alkohol trinken!«

»Das heißt einfach: Ich würde ihnen die Wahrheit sagen. Nämlich dass ich nicht dein richtiger Opa bin, sondern dein Leihopa.«

Eine ganze Weile kaute Emma auf der Antwort herum, bis sie schließlich sagte: »Ja, das geht.«

Klaus Mertens hielt mahnend den Zeigefinger in die Luft. »Und du würdest vorher erklären, wie es sich wirklich verhält und dass du ein bisschen übertrieben hast. Geflunkert.«

Im Nu vertiefte sich Emma in das Häkelmuster der Tischdecke. »Könnten Sie das nicht …?«

»Nein«, sagte er entschieden.

Die Augen weiter auf die Decke fixiert, knetete sie ihre Hände. »Ob ich das kann?«

Nach einer Ewigkeit hob sie den Kopf und ihre Stimme überschlug sich beinah, als sie sagte: »Wenn Sie mein Leihopa sind, dann darf ich doch du zu Ihnen sagen, oder?«

Er beugte sich vor und streckte ihr die Hand entgegen. »Ja, darfst du. Ich bin Klaus. Jetzt darfst du Opa Klaus zu mir sagen. Leihopa Klaus.«

»Supertoll. Danke, danke«, rief sie, ergriff seine Hand und sprang auf. »Ich hab noch nie einen Leihopa gehabt!«

Wie ein Känguru hüpfte sie durchs Wohnzimmer in den Flur, riss ihren Anorak von der Garderobe, schnappte ihre Schultasche. »Ich muss jetzt rüber. Tschüss.«

»Ist deine Mutter denn schon da?«

»Bestimmt.« Emma öffnete die Tür, mit ein paar Schritten stand sie vor ihrer Wohnung, wandte sich kurz um und winkte ihm zu.

Der frisch gebackene Opa starrte ihr hinterher. »Wolltest du nicht noch die anderen Zimmer sehen?«, fragte er verdutzt.

»Morgen.« Sie zog ein Schlüsselband aus der Anoraktasche, steckte den Schlüssel ins Schloss und SCHWUPPS! war sie in der Wohnung verschwunden.

»Emma, wo kommt der Schlüssel auf einmal her?«, rief Klaus Mertens. Das Schmunzeln konnte er sich nicht mehr verkneifen »Wir müssen noch ein ernstes Wörtchen miteinander reden.«

Silberhochzeit

Gertrud hat darauf bestanden, mit den Koffern draußen auf das Taxi zu warten.

»Ich will nicht, dass deine Mutter im letzten Moment noch anruft – und du ran gehst.« Reinholds Antwort - ein leiser Seufzer.

Nun, vor der Haustür, ruckelt sie ihre Sonnenbrille zurecht. »Hast du die Tickets?«

»Das fragst du schon zum dritten Mal«, sagt Reinhold und tippt auf die Brusttasche seiner Jacke.

Da taucht in der Straße das Taxi auf, und Gertrud schlingt die Arme um ihren Mann. »Ich freu mich wie ein kleines Kind!«

Der Taxifahrer verstaut das Gepäck und schlägt den Kofferraum zu. »Zum Flughafen?«

»Ja!« Stürmisch nickt Gertrud, und ihr braunes lockiges Haar wippt fröhlich mit.

Sie hüpft um das Auto und lässt sich auf den Sitz hinter dem Fahrer fallen. Von der anderen Seite nimmt Reinhold Platz, und der Wagen setzt sich in Bewegung. Reinhold schiebt eine verwehte Haarsträhne auf seinem Kopf auf Position zurück, sieht auf die Armbanduhr, räuspert sich.

Gertrud runzelt die Stirn. »Freust du dich denn gar nicht?«

»Doch ... natürlich.« Sein Mund schenkt ihr ein Lächeln.

Ruhig lenkt der Fahrer das Taxi durch den fließenden Verkehr, das Radio meldet keinen Stau auf der Flughafenautobahn, und den Verkehrsnachrichten folgen entspannende Musikklänge.

Erleichtert sackt Gertrud tiefer in den Sitz. »Keine Diskussionen mehr, keine Vorhaltungen und keine Erpressungsversuche mehr!«

»Nein«, erwidert Reinhold.

Sie nimmt seine Hand. »Gut haben wir das gemacht! Einfach flüchten. Ich bin so stolz auf uns. Auf dich.«

Der Fahrer wirft einen interessieren Blick in den Rückspiegel, doch das ist Gertrud egal.

»Ja«, meint Reinhold, lässt seine Hand in ihrer und widmet sich den vorbeiziehenden Häusern und Geschäften, während seine Frau weiter plappert: »Übermorgen sitzen wir am Strand von Phuket, nur wir zwei, und feiern! Weißt du noch, wie ich mir sowas vor 25 Jahren gewünscht habe?«

Reinhold dreht sich wieder zu ihr und zieht amüsiert eine Augenbraue hoch. »Na ja, selbst wenn wir damals das Geld für die Flitterwochen gehabt hätten – du in deinem Zustand?«

»Immerhin bin ich jetzt rank und schlank.« Sie stemmt die rechte Hand in die Hüfte, so dass ihr Ellenbogen in seinen deutlichen Bauchansatz stößt.

»Ja, Schatz.« Dann fragt er: »Hast du das Handyladegerät eingepackt?«

»Im Handgepäck. Aber ich habe nicht vor, jeden Tag Bericht abzuliefern. Du etwa?«

»Sie werden sicher alle gratulieren wollen.« Als seine Frau zusammenzuckt, schiebt Reinhold rasch nach. »Na, per SMS!«

Jetzt gluckst Gertrud wie ein Teenie. »Ja, deine Mutter wird sicher nicht anrufen, weil sie meint, das wär zu teuer. Und eine SMS kriegt sie nie und nimmer zustande. Erholung pur!« Sie lässt sich wieder zurück sinken.

Reinhold sieht sie strafend an: »Sei nicht so gemein!«

15

»Ich bin nicht gemein! Das ist unsere Silberhochzeit und unser Urlaub. So, wie wir es wollen. Hast du das vergessen?«

Reinhold öffnet den Mund, schließt ihn wieder und betrachtet ihre makellos manikürten Fingernägel.

»Was hast du denn? Drucks doch nicht so rum wie ein Sechsjähriger«, meint Gertrud lachend.

»Nichts. ... Ich hoffe nur, der Flug ist nicht total ausgebucht.« Angestrengt schaut er wieder aus dem Fenster.

Gertrud zuckt die Schulter, und für den Rest der Fahrt schwärmt sie von Phukets Stränden, die sie aus den Reiseprospekten kennt. Ab und zu ermuntert der Taxifahrer sie mit seinen Thailanderfahrungen, die allesamt nur positiv sind.

Zeitig treffen sie am Flughafen ein, der sie geschäftig und lärmend willkommen heißt.

Den Wagen mit den Koffern vorweg, steuern Gertrud und Reinhold auf die Abflugschalter zu. Während Gertrud auf ihn einredet, geht Reinholds Blick suchend voraus. Plötzlich hebt er grüßend die Hand.

Wie angewurzelt bleibt Gertrud stehen. Nach ein paar Schrecksekunden stößt sie hervor: »Was ... was machen die denn hier?«

An einem der Schalter steht Gertruds Schwiegervater mit drei Koffern, daneben winkt ihre Schwiegermutter wild mit einem weißen Tuch in ihre Richtung. Es ist – der Mallorca-Schalter.

»Überraschung«, sagt Reinhold mit belegter Stimme.

Seine Mutter watschelt ihnen strahlend entgegen, baut sich vor ihnen auf. »Da seid ihr ja endlich! Hast du's ihr schon verraten? Das war eine tolle Idee von mir, nicht wahr?« Sie hakt sich bei Gertrud ein. »Endlich können wir zusammen in Urlaub fahren! Und eure Silberhoch-

16

zeit, die feiern wir auf Mallorca, ohne all die anderen. Ganz unter uns.«

Vergesslich?

So, der Tisch ist gedeckt, die Kartoffeln brauchen noch ein paar Minütchen. Hoffentlich kommt Manfred pünktlich. Ich hab ihm extra gesagt, dass es Brathering gibt, den isst er so gern. Die Kartoffeln salzen. Gut. Man darf sie nicht gleich beim Aufsetzten salzen, dann saugen sie sich so voll damit. Sparsam mit dem Salz! hat mir der Arzt eingebläut, wegen Manfred. Gestern Abend in der Kneipe - die Pommes waren fast paniert in Salz. Und mein Göttergatte musste natürlich zuschlagen. Aber ich hab meinen Mund gehalten.

Wir haben mit unseren Freunden auf ein Bierchen zusammen gesessen. Na, bei dem Essen war es natürlich mehr als ein Bier! Und irgendwer ... ich glaube, es war Klaus ... oder Peter? Na, egal, einer fragte dann unverhofft in die Runde, ob wir denn auch schon so vergesslich wären. ... Natürlich war es Klaus, nur der kann so blöd grinsen.

Vergesslich? Das gab ne schöne Diskussion, da hat wieder mal keiner den anderen ausreden lassen. Überhaupt, Klaus geht mir ganz schön auf den Geist mit seiner Besserwisserei. Seine arme Inge kommt gar nicht zum Zuge, wie die das mit dem bloß aushält. Wo war ich stehen geblieben. Also, vergesslich. Das wär doch normal, wenn man älter wird, meinte Klaus, das läg an der Proteinsynthese im Gehirn, die nicht mehr so richtig funktioniert und wo dann die Informationen nicht chemisch umgewandelt und nicht mehr ins Langzeitgedächtnis abgespeichert werden könnten. Klugscheißer! Tut so, als ob wir anderen bescheuert wären. Vergesslich? Nein, bin ich nicht! hab ich gesagt, meine

Eiweißproduktion funktioniert noch. Manfred hat mich so von der Seite angegrinst, das fand ich nicht nett. Wollt' ich ihm eigentlich zu Hause noch sagen. So alt bin ich schließlich auch noch nicht, dass ich alles vergesse. Ach, ich weiß noch, meine Großtante damals, du meine Güte, war das schlimm. Die wusste keinen Tag mehr, die wusste nachher nicht mal mehr, wo sie wohnte. Gott bewahre! Ich kann noch etliche Gedichte auswendig, die wir früher in der Schule gelernt haben. Die Glocke von Schiller; John Maynard von, na, sag mal schnell, äh… diesem Meyer, Cornelius oder so ähnlich. Ja, die kann ich alle noch so auswendig aufsagen wie früher. Also: »Das Lied von der Glocke – Fest gemauert in der Erden steht die Form aus Lehm gebrannt…« Und so weiter. Ich weiß noch, wie ich mich als Kind gequält hab, das in meinen Kopf zu kriegen. Aber einmal drin – immer drin! Beinah hätte ich das gestern Abend in der Kneipe noch rezitiert, so richtig mit Pathos. Irgendwie passte es dann doch nicht, und die anderen meinten, jaja, das hätten sie auch alle gelernt, damals, und wären froh gewesen, dass sie das schnell wieder hätten vergessen können. Kultur-banausen, sag ich nur! Ach, ich muss dran denken, die Theaterkarten für übernächste Woche zu bestellen. Mal schnell ein Zettelchen schreiben und ab an die Pinwand. Das hält den Kopf frei fürs Wichtige …

So, erledigt. Der Manfred amüsiert sich immer über meine Zettelchen. Er meint, er merkt sich das alles so; darauf ist er auch ungeheuer stolz. Einkaufen geht er ohne Zettel – wenn er denn mal geht – und kommt prompt ohne die Eier zurück. Wie soll ich denn Pfann-kuchen backen ohne Eier? Aber dann meinte er, er würde sowieso lieber Schnitzel essen, unpaniert, denn sonst brauchte ich ja wieder ein Ei. Konnte ich meinen

Essenplan komplett umschmeißen - oder selber gehen und die Eier kaufen. Ich hätte auch nebenan die Irmtraud fragen können, die hätte mir bestimmt ein paar Eier geborgt. Das wollt ich lieber nicht, weil die mich jedes Mal wieder nach dem Roman von der Cecelia Ahern fragt, den sie mir vor einem halben Jahr geliehen hat. Ich hab den an Betty weitergegeben, als ich ihn durch hatte, Irmtraud war einverstanden, ich hab sie natürlich vorher gefragt. Bloß, wenn Betty mal kommt oder wenn wir bei ihr sind, denk ich doch nicht ständig dran, sie nach dem Ahern-Roman von Irmtraud zu fragen. Obwohl, ich müsste sie einfach anrufen und sagen, sie soll morgen mit dem Roman vorbei kommen. Moment … Zettelchen…

Erledigt, Kopf ist wieder frei.

So, die Kartoffeln noch salzen, gut. Wo war ich? Ja, Manfred wird langsam schon vergesslich, obwohl er es nicht wahr haben will. Seitdem er in Rente ist. Er ist ja vorzeitig gegangen, und trotzdem. Aber ich reib ihm das nicht unter die Nase, muss ja nicht sein. Ich glaube, Männer sind da sowieso sehr empfindlich. Ich hab vor Jahren nen Film gesehen, der handelte auch davon, ich weiß nicht mehr, wie der hieß. Und der Hauptdarsteller ist auch schon tot, vor zwei Jahren oder so gestorben. Der … na, tut nichts zur Sache.

Manfred meint dauernd, ich wäre vergesslich, und schielt dann zur Pinwand rüber. Und ich sollte doch nur an die vielen Schlüssel denken, die ich immer verloren und verlegt hätte. Immer?! Also: verlegt, das ist doch sowieso was anderes. Und verloren habe ich bisher nur einen einzigen in meinem ganzen Leben, das war im Schnee. Als ich auf dem Büroparkplatz aus dem Auto gestiegen bin und den Autoschlüssel weggesteckt habe. Da ist irgendwie der Bund mit dem Hausschlüssel runter geflogen mitten in den Schnee. Und ich hab nichts gemerkt und natürlich nichts gehört, denn im Schnee macht der Schlüsselbund kein Geräusch. War schon blöd abends vor der verschlossenen Tür – und Manfred kam grad an dem Abend noch später als sonst. Hatte er vergessen mir zu sagen ... Den Schlüssel mussten wir nachmachen lassen, ich habe den Schlüsselbund überall gesucht und erst drei Wochen später gefunden, als der Schnee weg geschmolzen war. Halb verrostet, die Schlüssel. Na ja, vergessen hatte ich ihn schließlich nicht! Und als ich neulich vor der verschlossenen Haustür stand, nur weil ich aus Versehen den Autoschlüssel eingesteckt hatte anstatt den Hausschlüssel ... Dabei wollte ich das Auto gar nicht benutzen. Na, wie man manchmal so in Gedanken ist ... Aber Vergesslichkeit? Neinnein, kein Problem für mich. Ich kann sogar sämtliche Geburtstage von meiner Familie aufsagen, von Januar bis Dezember sortiert, und die ist nicht gerade klein, meine Familie. Also, im Januar hat zuerst meine Schwester Karin ... Aber irgendwie ... riecht es hier so komisch, so ... angebrannt.

Ogottogott - die Kartoffeln kann ich wegschmeißen!

Königssee

Ich traf Frau Deimel vor der Haustür. Genauer gesagt, ich kramte gerade nach dem Schlüssel, als ein Streifenwagen am Straßenrand hielt und sie heraus kletterte. Der Beamte, der ihr die Wagentür aufhielt, redete auf sie ein, doch sie schüttelte heftig den Kopf.

»Junger Mann, das schaff ich allein.« Ihre Stimme klang eine Oktave höher als gewohnt und gleichzeitig brüchig. Auf ihren Stock gestützt, kam meine Nachbarin den Eingangsweg entlang. Ich wartete, bis sie neben mir stand.

»Ist alles in Ordnung, Frau Deimel?«

»Ja – nein ..., nichts ist in Ordnung.« Sie schnappte nach Luft wie ein Fisch auf dem Trockenen. »Die haben mich auf der Wache festgehalten!«

»Sie zittern ja richtig.« Ich unterdrückte den Impuls, ihr einen Arm um die Schulter zu legen und sagte mit warmer Stimme, aber dennoch mit genügend Nachdruck: »Wir beide trinken jetzt zusammen einen schönen Tee.«

Sie wohnte im dritten Stock, eine Etage unter mir. Ich schloss die Haustür auf und ließ ihr den Vortritt.

Im Aufzug presste sie die Einkaufstasche an ihren Körper. »Diese Banausen! Diese Betrüger!« Doch im nächsten Moment strahlten ihre blau-grauen Augen. »Aber das Bild, das ist so schön. Der Königssee mitten in den Bergen. Wissen Sie, mein Mann und ich haben damals unsere Hochzeitsreise dorthin gemacht.« Es folgte ein langer Seufzer.

Im Flur zu meiner Wohnung überflutete mich ein Wortschwall, aus dem ich die Begriffe Edeka, Polizei und Flohmarkt herausfilterte.

»Ich koche uns erst mal den Tee. Dann erzählen Sie mir alles in Ruhe, der Reihe nach.«

Als wir am Küchentisch saßen, den dampfenden Kräuteraufguss vor uns, startete ich einen Versuch. »Was wollten Sie denn bei der Polizei?«

»Ich? Ich wollte da doch gar nichts. Die wollten was von mir!« Sie funkelte mich an, und schon platzte es aus ihr heraus: »Die haben mich da festgehalten. Fest- ge- hal- ten.« Ein empörtes Schnaufen verlieh ihrem Ausruf das nötige Gewicht.

Behutsam strich ich über ihre faltige, mit Altersflecken übersäte Hand. Sie war kalt. »Jetzt sind Sie ja hier. Was ist denn genau passiert?«

»Na, sie haben mich mit auf die Wache genommen, die Beamten. Vom Edeka aus. Verhört haben sie mich da. Und was unterschreiben musste ich auch. Erst hab ich mich ja geweigert und gesagt, ich will meinen Anwalt sprechen. Aber das haben sie nicht zugelassen. Rechtschaffene Bürger so zu behandeln.«

»Und warum haben die Beamten Sie mit auf die Wache genommen? Was sollen Sie denn angestellt haben?«

»Na, wegen dem Geld. Weil ich damit das Katzenfutter, Wurst und Käse und alles bezahlen wollte, im Supermarkt. Mit dem Geld vom Flohmarkt.« Sie schaute irritiert hoch. »Alles nur wegen der Kassiererin. Wissen Sie, die nette Blonde. Jedenfalls dachte ich immer, dass sie nett ist. Die hat sich nur verstellt bisher. Da geh ich jetzt nie mehr hin, das können Sie mir glauben, Frau Adam.«

Sie nippte an ihrer Tasse. Ich überlegte, ob ich noch Cognac da hatte, und verneinte im Geiste.

»Das Katzenfutter und alles andere – das musste ich ja da lassen. Was soll ich Merle bloß morgen früh zu fressen geben?« Panik flimmerte in ihren Augen. Erneut strich ich über ihre Hand, die sich jetzt ein wenig wärmer anfühlte.

»Da finden wir schon eine Lösung. Und mit Wurst und Käse kann ich Ihnen aushelfen.« Ich sog den Duft von Heublumenwiesenkräutern aus meiner Tasse ein und hoffte, dass ich noch genug Vorräte für Frau Deimel im Kühlschrank hatte. »Die Kassiererin im Supermarkt hat also die Polizei gerufen?«

»Nein, die hat ganz laut gesagt, dass ich damit nicht bezahlen kann. Stellen Sie sich vor, wie peinlich das war! Alle an den Kassen haben mich angestarrt und sogar gelacht, besonders die Frau Engelbrecht aus der Nummer 30, dieses Tratschweib. Was die jetzt über mich erzählen wird. Meine Beine haben gezittert wie Wackelpudding, das können Sie mir glauben. Ich dachte, gleich falle ich um. Ich bin doch keine Betrügerin.«

»Natürlich sind Sie das nicht. Aber warum hat die Kassiererin denn die Polizei gerufen?«

»Nein, sie hat doch den Marktleiter gerufen, und ich musste mit in sein Büro. Da konnte ich mich wenigstens hinsetzen, und er hat mir erst mal ein Glas Wasser gegeben. Ich habe ihm dann alles erklärt. Und er hat trotzdem die Polizei gerufen, alles musste ich von vorn erzählen. Auf der Wache dann nochmal. Man wird ja ganz durcheinander.«

Die Tasse in ihrer Hand zitterte, und als sie es bemerkte, stellte sie sie unsanft wieder auf dem Tisch ab. Seit gut zwei Jahren wohnte ich nun hier, und so aufgelöst hatte ich Frau Deimel noch nie erlebt.

»Was war das denn mit Ihrem Geld?«

»Na, sie haben gesagt, dass es Falschgeld ist. Ich hatte das doch nicht gemerkt und wollte damit bezahlen. Und jetzt ist es futsch, sie haben mir den Schein abgenommen. Den Schaden zahlt mir keiner. Bei meiner kleinen Rente. Und wo doch erst der halbe Monat rum ist.« Ungläubig schüttelte sie den Kopf und fügte resigniert hinzu: »Das ist doch nicht richtig, oder?«

Jetzt legte ich meine Rechte auf ihren Arm.

Unverhofft lächelte sie. »Aber das Bild, das schöne Bild vom Königssee, das habe ich ja noch. Das behalte ich auch! Ich zeige es Ihnen nachher, wenn Sie wollen.«

Ich nickte ihr aufmunternd zu. »Gern. Das haben Sie aber nicht im Edeka gekauft, oder?«

»Nein, natürlich nicht. Da verkaufen sie doch keine Bilder. Das hab ich vom Flohmarkt. Da war ich am Freitag.« Wie eine Rakete schoss ihr Zeigefinger in die Luft. »Jetzt weiß ich es auch. Gestern war der Dreizehnte. Freitag, der Dreizehnte, ist ein Unglückstag, wissen Sie.« Sie hielt inne und fuhr erschreckt fort: »Und, wenn das Bild gestohlen war? Nimmt mir die Polizei das auch noch weg?«

Mit einem Seitenblick auf den Kalender vergewisserte ich mich: Es war Samstag, der Fünfzehnte. Am Vortag war der Vierzehnte gewesen, also kein Unglückstag. Oder doch? Für Frau Deimel offenbar schon. Ich tröstete sie, dass ihr bestimmt niemand Diebesgut untergejubelt hatte.

Ein wenig ruhiger fuhr sie fort: »Da habe ich das Bild also von dem netten Mann gekauft. Ich musste richtig mit ihm feilschen, weil doch erst Monatsmitte ist und ich mit der Rente noch über zwei Wochen hinkommen muss. Er wollte 30 Mark dafür, stellen Sie sich das mal vor, auf dem Flohmarkt. Aber schließlich habe ich ihn auf 15 Mark runtergehandelt.« Sie strahlte, als ob sie einen riesigen Lottogewinn gemacht hätte.

»Mark? Sie meinen Euro.«

»Ja, Euro, natürlich. Mark gibt es ja nicht mehr. Aber die hätten wir behalten sollen, die Mark, sag ich Ihnen, das war was Solides.«

Der Zeiger der Wanduhr hinter Frau Deimel wanderte unbeirrt weiter, während sie sich über die Vorzüge der guten alten D-Mark ausließ.

Als sie einen Schluck Tee nahm, hakte ich ein: »Wie war das denn genau auf dem Flohmarkt? Sie haben das Bild für 15 Euro gekauft. Und dann?«

»Na, der junge Mann hat mir doch auf meinen 50er-Schein drei Scheine zurückgegeben, fünfunddreißig Mark Wechselgeld. Einen grünen Fünfer, einen orangenen Zehner und dann den Blauen. Ich dachte doch, das wäre ein Zwanziger - und natürlich echt. Aber das … war das Falschgeld. Ich hab's nicht gemerkt, wirklich nicht. Das schwöre ich Ihnen. Und heute wollte ich damit beim Edeka bezahlen.«

»Mit dem falschen Zwanziger?«

»Ja und nein – das ist es ja gerade. Die Kassiererin hat es sofort bemerkt. Aber ich nicht.« Sie wich meinem Blick aus und umklammerte ihre Tasse. Dann sagte sie kleinlaut: »Es stand 30 drauf.«

Die Bergtour

Der Schrei zerfetzt die Stille des Gebirges.

Wie tosende Wellen breitet er sich aus, schlägt hoch gegen die Felsen der Langkofelkette, prallt in der Tiefe der Spalte an den Wänden ab.

Mit stockendem Atem beugt Alexander sich vorsichtig vor und sieht Kathrin nach. Ihr Körper wird wie das Echo ihres Schreis in der Enge der Steinwände hin und her geschleudert, immer weiter in den Abgrund gezogen. Das Rot ihres Anoraks – ein hüpfender, schrumpfender Punkt, bald ganz vom Dunkel verschlungen.

Danach Stille. Tödliche Stille.

Elif, in sicherem Abstand von der Felskante entfernt, schaut in die andere Richtung, die Arme um ihren Körper geschlungen. Alexander tritt zu ihr, streicht ihr übers Haar.

»Ist sie tot?«, fragt Elif.

»Ja, ganz sicher. Das überlebt niemand.« Alexanders Stimme klingt rau und fremd.

Er will seine Geliebte an sich ziehen, doch sie dreht sich weg, steigt über das Geröll und hockt sich auf einen großen Steinbrocken.

Kathrins Rucksack steht neben dem Pfad, den sie hochgeklettert sind. Nur langsam beruhigt sich Alexanders Herzschlag. Es ist äußerst wichtig, dass er einen klaren Kopf behält. Er nimmt das Gepäckstück auf und nickt Elif zu. »Den müssen wir noch entsorgen. Das … ist dein Part.«

Der Stoß ist seine Aufgabe gewesen.

Elif verzieht das Gesicht. »Gleich.«

Unter ihrem dunklen Teint ist sie blass geworden, oder scheint es durch den Sonneneinfall nur so?

Die grauen Zacken der Fünffingerspitze stechen in das Blau des Himmels, an einigen Stellen glitzert Schnee, und ein Adler fliegt seine Kreise. Weit unter den beiden Bergwanderern bedecken das Grün der Bäume und die saftigen Büsche der Alpenrosen Mulden und Schroffen.

Seit seiner Jugend liebt Alexander die Dolomiten, doch jetzt ist keine Zeit für Sentimentalitäten. Er geht zu Elif hinüber. Sie hat das dichte Haar hinter die Ohren geschoben und reibt sich die Schläfen. Er streicht ihr über den Rücken, spürt unter seinen Handflächen ihre angespannten Muskeln. Ein frischer Wind kommt auf, und ein leiser Schauer durchläuft ihren Körper.

»So schwer habe ich mir das nicht vorgestellt«, sagt sie.

Alexander nimmt die Sonnenbrille ab, lächelt und hofft, dass das Lächeln auch seine Augen erreicht. »Wir sind frei. Endlich frei. So, wie wir wollten.«

»Ja.« Elif lacht heiser. »Und - sie hat wirklich nichts geahnt?«

Er hockt sich neben sie. »Hat sie nicht, ich schwör es dir. Du kennst sie … äh, kanntest sie doch.«

Einen Moment sitzen sie schweigend nebeneinander, Alexander mustert den Himmel, wo zwei Quellwolken über den Felsspitzen schweben.

Er fischt sein Smartphone aus der Tasche, saugt die Luft zwischen den Zähnen ein. »Mist, kein Netz.«

»Wozu? Willst du etwa die Rettung alarmieren?«

»Ich will wissen, ob es eine Unwetterwarnung gibt.« Er steht auf, versucht, seine Gereiztheit nicht in der Stimme mitschwingen zu lassen. »Komm jetzt. Wir müssen den Plan genau einhalten.«

Elif hievt sich hoch. »Die paar Wolken.«

Mittlerweile hat sie ihre normale Gesichtsfarbe zurückbekommen und auch den entschlossenen Zug um den Mund, den er so an ihr schätzt.

Alexander holt Kathrins Rucksack und stellt ihn vor Elifs Füßen ab. »Jetzt bist du dran.«

Ein paar Mal atmet sie durch, hält seinem Blick stand, strafft sich, greift wie ferngelenkt nach dem Ranzen und geht langsam zum Abhang. Einen Meter vor dem Abgrund geht sie in die Hocke und schiebt ihn zur Kante. Ein faustgroßer Stein löst sich unter dessen Gewicht und rollt vorwärts. Sie zuckt zurück, als der Brocken polternd in die Tiefe stürzt. Als ob sie sich an ihm verbrannt hätte, stößt sie den Rucksack hastig hinab.

Lautlos ist Alexander hinter sie getreten. Bevor sie sich umdrehen kann, gibt er ihr einen heftigen Stoß. Sie schreit auf, verliert das Gleichgewicht, will sich mit den Armen abstützen, versucht panisch, Alexanders Bein zu fassen, greift ins Leere, verliert jeden Halt, rutscht mit den Steinen vorwärts - und stürzt ebenfalls über die Kante hinab.

Elifs Schrei zerfetzt die Stille.

Wie tosende Wellen breitet er sich aus, schlägt hoch gegen die felsigen Berge, prallt in der Tiefe der Spalte an den Wänden ab.

Alexander hält den Atem an, sein Puls rast. Er ist zur Spalte gekrochen, sieht Elif nach. Wie das Echo ihres Schreis wird ihr Körper in der Enge der Steinwände hin und her geschleudert, immer weiter in den Abgrund gezogen. Das Grün ihres Anoraks – ein hüpfender, schrumpfender Punkt. Fort.

Ruhig Blut, mahnt er sich selbst und kriecht zurück. Er rappelt sich hoch, schnappt Elifs Rucksack und wirft ihn aus sicherer Entfernung hinterher.

Dann holt er den Pickel, bearbeitet behutsam die Stelle vor dem Abhang, löst Steine und Geröll. Er sieht die Schlagzeile schon vor sich: Dolomiten werden zur Todesfalle für drei Touristen! Nach seiner Leiche werden sie lange suchen. Und vergebens.

Ein plötzlicher Vogelschrei lässt ihn zusammenschrecken, dabei löst sich unter seinen Füßen weiteres Geröll. Alexander taumelt, rudert mit den Armen, lässt sich fallen, rutscht - der Abgrund. Oh nein! Er krallt an einer Wurzel, sie kracht. Hält die wenigstens noch so lange… Zentimeterweise zieht er sich hoch, das Knie über der Kante. Er japst, seine Ohren dröhnen. Die Hose zerreißt, ein spitzer Schmerz sticht ins Knie.

Zittrig krabbelt er schließlich zum nächsten Felsbrocken in sicherer Entfernung und lehnt sich dagegen, die Hände vor dem Gesicht.

Nicht den Kopf verlieren! Bloß jetzt nicht den Kopf verlieren! Wie ein Mantra sagt er sich diese Worte vor, bis sich sein Herzschlag endlich beruhigt.

Seltsam unbeteiligt begutachtet er den Schaden: Hose hin, Blut schimmert durch den Riss. Verdammt! Eine Fleischwunde. Er säubert sie, verbindet routiniert das Knie.

Dann probiert er zu gehen, atmet auf. Noch mal glimpflich davon gekommen. Er klopft den Staub von der Kleidung. Schon so spät! Eilig drapiert er seinen Rucksack an eine gut sichtbare Stelle und macht sich mit leichtem Gepäck auf den Weg.

Nun ist er frei. Ganz und gar frei. Weder seine klammernde Ehefrau noch seine eifersüchtige Geliebte stehen im Wege. Ein neues Leben wartet auf ihn, penibel geplant.

Konzentriert steigt er über das Geröll, spürt das verletzte Knie bald kaum noch.

Die Wolken türmen sich bedrohlich. Alexander beschleunigt seine Schritte, ohne unvorsichtig zu werden; hin und wieder zieht er den Kompass hervor. Er will über das Sella-Joch nach Österreich, dann über den Balkan. Alles ist vorbereitet.

Sein Rückweg führt ihn zu einem schmalen Grat, den nur wenige Wanderer nutzen. Das hat er so geplant.

Über ihm türmen sich jetzt die Quellwolken zu einem Amboss auf, der Wind pfeift und zerzaust Alexanders verschwitztes Haar. Über einer Felsspitze zuckt ein Blitz, dem kein Donner folgt.

Die Zeit drängt. Zum Umkehren ist es zu spät, er muss die Schutzhütte jenseits des Grats erreichen.

Ich werde sie erreichen!

Mitten auf dem Grat bricht das Wetter aus allen Fugen, Blitze zucken, dicht gefolgt von Donnerschlägen. Jedes Echo scheint Gesteinslawinen auszulösen, Hagelkörner prasseln um ihn herum wie Sperrfeuer aus einem Hinterhalt. Sein Schrei geht unter im Tosen.

28. Juli:
Die neue Südtiroler Tageszeitung meldet:
Drei Bergsteiger am Langkofeleck abgestürzt
- Männliche Leiche zuerst entdeckt -

Die Parkbank

»Darf ich?«

»Ja, natürlich dürfen Sie sich da hinsetzen.« Der Mann rückte zur Seite. »Bitte sehr.«

Die alte Dame ließ sich schwer auf der Bank nieder. Sie legte ihre Krokolederhandtasche neben sich und lockerte den Fuchsschwanzkragen ihres Mantels.

Der Mann folgte interessiert jeder ihrer Bewegungen; schließlich räusperte er sich. »Sie hätten nicht vielleicht 'nen Euro oder fünfzig Cent für mich?«

Ruckartig wandte sie den Kopf in seine Richtung, so dass die kleine Feder an ihrem Hut wippte.

Noch ehe sie etwas antworten konnte, sagte er: »'Tschuldigung, war ja nur ne Frage.«

Die Frau sah hastig zur Seite auf einen Schneerest am Wegrand neben dem matschigen Winterrasen und sog die kühle Luft ein. Sie fröstelte. Warum hatte sie nicht sofort seinen abgewetzten Mantel, die geflickte Hose bemerkt, als sie auf die Bank zugesteuert war? Und die zerschlissenen Plastiktüten neben ihm auf dem Boden, prall gefüllt.

Unbeirrt redete der Mann weiter: » ...Keiner gibt mehr was, alle halten sie ihr Geld zusammen. Was glauben Sie denn, wovon unsereiner leben soll?« Sein Ton war nicht anklagend, nicht Mitleid heischend, eher tonlos, resigniert.

Das machte es nur noch schlimmer.

Sie beschloss, das Holpern und Stolpern ihres Herzens zu ignorieren. Es würde sich schon wieder beruhigen. Konzentriert zupfte sie ihre Handschuhe von den Fingern, faltete sie so zusammen, dass man die aufgeplatzte Naht am linken Mittelfinger nicht sehen konnte und legte sie zwischen sich und ihren Nachbarn. Aus den Augenwinkeln betrachtete sie sein flächiges, rot geädertes Gesicht, seinen vollen Haarwuchs und den Kinnbart. Immerhin stank er nicht nach Alkohol.

»In der Sonne ist es jetzt schön zum Aushalten, hier auf der Bank, mit 'nem dicken Mantel. Bloß was glauben Sie, wie die Nächte sind?«

Sie fuhr herum und starrte ihn an. »Sie schlafen bei diesem Wetter doch nicht draußen?« Es gelang ihr kaum, das Zittern ihrer Lippen zu kontrollieren.

Die Mittagssonne schmolz die letzten Schneeflecken auf dem Weg zu kleinen Wasserpfützen. Hinter ihnen raschelte es in trockenen Laubresten; es musste ein Vogel sein.

Der Mann räusperte sich erneut und musterte seine abgetragenen Schuhe. »Es stört Sie doch nicht, wenn ich 'n bisschen was erzähle? Manchmal, da braucht man das.« Er machte eine kurze Pause, als warte er auf Antwort. Dann fuhr er fort. »Mein Kumpel, der Paul, der ist nicht mehr, der ist gestorben. Einfach nicht mehr aufgewacht ist er, vor einem Monat.« Er schluckte und rieb sich das rechte Auge. »Sie haben 'nen Ehering am Finger, das hab ich gesehen. Sie sind nicht alleine ... War ich auch nicht, früher.« Er schaute in die Ferne, als ob er dort seinen Kumpel oder wen auch immer sehen könnte und lächelte müde.

Vor ihren Füßen hüpfte ein Spatz hin und her, und sie dachte an Erwin, der schon seit drei Jahren unter der Erde lag. Sie unterdrückte den Seufzer, der ihre Brust hinauf kroch. Sie wollte aufstehen, weg von dieser Bank. Weg von dem Unbehagen, das sich mehr und mehr in ihr ausbreitete. Aber es ging noch nicht, sie musste sich ein wenig ausruhen.

»Meine Frau, die Hilde, die hat immer gesagt: Wir bleiben zusammen, Gerd, bis dass der Tod uns scheidet. Und dann hat sie mich rausgeschmissen. Erst bin ich aus der Firma geflogen, vor … 15 Jahren, glaub ich. Von da an ging's bergab. Zwei Jahre später hat sie mich weggejagt. Entweder, hat sie gesagt, ich hör mit dem Saufen auf und krieg wieder 'ne Arbeit oder ich soll mich nie wieder blicken lassen. Nie wieder!«

Erschrocken flog der Spatz davon. Die Frau griff nach den Handschuhen und rutschte ein Stück nach links. »Ich muss jetzt weiter«, sagte sie leise. Sie stützte sich auf die Sitzfläche, sammelte ihre Kräfte und beugte den Oberkörper vor um aufzustehen. Ihre Beine schmerzten noch immer.

»Ich wollte Ihnen nur noch das von der Firma erzählen«, sagte er schnell und fasste ihren Arm. Als hätte die Berührung einen elektrischen Schlag ausgelöst, zog er die Hand sofort wieder weg. Sie schluckte und lehnte sich wortlos wieder zurück. »Also, das war so eine kleine Maschinenfabrik. Werkzeugmaschinen haben wir da hergestellt. Und ich hab sogar meinen Meister gemacht, wissen Sie. Das war verdammt schwer. Aber ich habs geschafft!« Er schnalzte mit der Zunge.

Die alte Frau sah drei jauchzenden Kindern zu, die am anderen Ende des Parks auf einem Klettergerüst turnten.

»Ja, und dann ist der Unfall passiert mit dem Lehrling, dem … Horst hieß er, glaub ich.« Er kratzte sich an der rechten Schläfe. »Alles hat damit angefangen, damals. Der hat seine Pfoten in die Maschine gekriegt und zerquetscht.« Der Mann presste seine rechte Hand mit der linken zusammen und untermalte die Geste mit einem Geräusch, das sich anhörte wie eine Mischung aus Knacken, Knarren und Saugen.

Die Frau starrte die Hände ihres Nachbarn an, dann ihre eigenen.

»Zu blöd war der, sonst nix. In der Firma, da haben sie mir die Schuld gegeben. Nicht alle natürlich, aber viele. Ja klar, hab ich mir Vorwürfe gemacht, das können Sie mir glauben. Tun Sie doch, oder?« Fordernd reckte er sein Kinn in die Höhe.

Sie nickte eifrig, wischte sich über die Stirn und schob den Hut wieder zurecht. Ein leichter Wind wehte ihr durchs Gesicht.

»Es war nicht meine Schuld. Sie haben sogar 'ne Untersuchung gemacht. Die Polizei kam, als sie den Horst mit dem Krankenwagen abtransportiert haben. Aber die Untersuchung haben sie bald eingestellt von wegen fahrlässiger Körperverletzung und Verletzung der Aufsichtspflicht.«

Einen Moment stierte er die Frau schweigend an. Sie umklammerte immer noch ihre Handschuhe und scharrte mit ihren Füßen über den Boden. Sie sollte gehen, dachte sie, während er weitersprach.

»Nur das Gerede war da und blieb da, und ich war der Sündenbock. Irgendwann ging es der Firma nicht mehr gut. Und was glauben Sie, wer als erster gehen musste?« Er schlug sich mit der Hand auf die Brust und drehte sich ein Stück mehr zu ihr. »Ich! Über 25 Jahre hab ich für die Firma geschuftet. Nichts als ein paar warme Worte, 'ne kleine Abfindung und das war's.« Kurz und heftig stieß er seinen Atem aus.

»Das tut mir leid«, sagte die Frau.

»Das braucht Ihnen nicht leid zu tun. … Es war einfach eine Riesensauerei!«, fauchte er, und sie zuckte zusammen. Er holte ein paar Mal tief Luft. »Das war damals, nach der Wende, als die Arbeitslosenzahlen so in die Höhe geschossen sind.« Seine Augen blitzten. »Und danach, zwei Jahre später, das mit Hilde, das hab ich ja schon erzählt. Kinder hatten wir keine, leider. Haben Sie Kinder?«

Sie schüttelte den Kopf.

»Nein? Sie auch nicht?« Er zuckte mit den Schultern und beobachtete die Kinder auf dem Spielplatz. »Und dann bin ich aus Essen weg, hierher. Ich hatte 'nen alten Kumpel, der wohnte hier. Und der wollte auf einmal nichts mehr von mir wissen ... Ich darf kein Verlierer sein, das hat mein Vater immer gesagt, früher.«

Sie betrachtete seinen abgewetzten Mantel. Verlierer. Ein plötzlicher Windstoß ließ ihre Hutfeder erzittern.

»Mein Vater hat früher geschrien: Junge, mach mir keine Schande! Jammer nicht und sei kein Verlierer! Und wenn ich dann geheult hab, hat er noch fester geschlagen und mich nachher in den Kohlenkeller gesperrt. Damit ich was draus lerne!« Der Mann schnaubte und hörte nicht auf, den Kopf zu schütteln.

Wie eine Statue saß die Frau neben ihm, unfähig sich zu rühren.

»Das letzte Mal, als er mich schlagen wollte, da war ich 17. Da hab ich meine Sachen geschnappt und bin zu meinem Kumpel getrampt, dem Kurt, nach Essen.« Er machte eine Pause, stierte auf den Boden und zupfte an seinem Bart.

»Und Ihre Mutter?«, fragte sie.

Er drehte sich zu ihr und presste kurz die Lippen aufeinander. In seine Stirn gruben sich zwei tiefe Falten, und er lachte freudlos. »Meine Mutter? Die konnte mir nicht helfen.« Ein heftiger Hustenanfall schüttelte ihn.

Die Sonne am Himmel hatte sich hinter einer dicken Wolke verkrochen.

Endlich ebbte sein bellender Husten ab, und der Mann richtete sich wieder auf. »Also, als ich später nach dem doppelten Rausschmiss aus der Firma und von Hilde dann hier stand, wieder vor 'ner verschlossenen Tür, vor Hermanns, da war es aus. Da hab ich sogar meinem Vater geglaubt, dass ich nur ein Verlierer bin. Und seitdem lebe ich auf der Straße.« Er schwieg eine Weile und hielt seinen Kopf schief, wie die Tauben, die sie oft in der Stadt fütterte. »Als mein Geld alle war, hab ich anfangs noch in Sammelunterkünften geschlafen. Aber das ist nichts für mich. Und da müssen Sie ständig aufpassen, dass Sie von den anderen nicht beklaut werden.«

Die Frau zuckte zusammen und zog den Mantelkragen fester zu. »Wirklich?«

Die Sonne kroch jetzt hinter der Wolke hervor,

»Und irgendwann hab ich meinen Kumpel Paul getroffen, und wir sind zusammen geblieben.« Ein Lächeln umspielte seine Mundwinkel. »Die ganzen Jahre sind wir zusammen durch dick und dünn gegangen. Na ja, eigentlich immer nur durch dünn. Und jetzt ist er auch weg.« Das Lächeln erstarb in seinem Gesicht und plötzlich wirkte er aschfahl.

Die Frau straffte sich. Sie hatte einen Entschluss gefasst. Sie streifte sich die Handschuhe über und erhob sich mühsam. Durchs rechte Bein schoss ein spitzer Schmerz, und zischend sog sie die Luft zwischen den Zähnen ein.

»Sie – wollen Sie jetzt gehen?«, fragte er. Dann schlug sein Ton um: »Ist Ihnen nicht gut?«

Ein leichter Schwindel kreiste in ihrem Kopf. »Es … es geht schon«, sagte sie. Sie hielt sich an der Banklehne fest, wartete einen Moment, bis es vorbei war.

Schließlich wandte sie sich zu ihm. »Ich habe Hunger. Dort hinten ist eine Gaststätte.« Sie deutete mit dem ausgestreckten Arm in die Richtung. »Wollen Sie mitkommen?« Mehr amüsiert als erstaunt musterte er sie, und um seine Augen bildeten sich viele kleine Falten. Rasch fügte sie hinzu: »Ich lade Sie ein.«

Dann nickte er zögernd. »Sowas … Ja, ja, wenn Sie das wirklich wollen …«

»Sonst hätte ich Sie nicht gefragt. Nur Ihre Bündel müssten Sie irgendwo abstellen.« Sie zeigte auf seine Plastiktüten am Boden. »Ich fürchte, dass Sie die nicht mit rein nehmen können.«

»Nein!«, fauchte er. »Das stell' ich nirgendwo ab. Das ist alles, was ich noch habe.«

Ihr Magen krampfte sich zusammen, und für einen Moment stockte ihr Atem.

»Na ja, wie Sie meinen«, presste sie hervor und suchte wieder Halt an der Banklehne. »Es … es tut mir leid.«

Eine Weile war es still. Schließlich setzte sie sich wieder, öffnete ihre Handtasche, holte einen 10-Euro-Schein aus ihrer Geldbörse und hielt ihn dem Mann hin. »Bitte, nehmen Sie wenigstens das.«

Ein kurzes Aufleuchten blitzte in seinen Augen, doch er zögerte. Dann schnellte seine Hand vor und ergriff den Schein. Sie steckte das Portemonnaie wieder ein und rappelte sich erneut von der Bank hoch. Als sie sich zum Gehen umdrehte, flatterten zwei Spatzen auf.

»Auf Wiedersehen«, murmelte sie.

»Auf Wiedersehen«, sagte der Mann. Sie spürte seinen Blick im Rücken, als sie den Weg Richtung Parkausgang nahm.

»Und danke vielmals!«, rief er ihr mit heiserer Stimme nach.

Die Frau ging zu der kleinen Gaststätte an der Kreuzung, suchte sich einen Platz mit Sicht auf den Park und bestellte das Tagesgericht. Sie aß es nicht einmal zur Hälfte, schmeckte kaum die säuerliche Kapernsoße, in der die Königsberger Klopse schwammen. Ab und zu nippte sie an ihrem Glas Wasser, und immer wieder hob sie den Kopf zum Fenster, verfolgte, wie der Schatten allmählich die Bank eroberte, auf der der Mann noch immer saß.

Schließlich lag sie ganz im Schatten.

Und sie war leer.

Die Kirchturmuhr schlug halb drei, als die Kellnerin die Rechnung brachte. Die Frau kramte ihr Portemonnaie hervor und zog ihren letzten Geldschein heraus.

Heinrich

Heinrich Winter betrachtete sein zerfurchtes Gesicht im Spiegel, strich über Wangen und Kinn. Musste er sich heute rasieren? Die Bartstoppeln waren fast so lang, dass sie nicht mehr kratzten. Martha würde nicht schimpfen. Sie schimpfte nicht mehr. Früher schon. Früher ... gestern ... Hatte er sich gestern rasiert? Kam Claudia ihn heute besuchen?

Im Pyjama schlurfte er in die Küche und schaute auf dem Wandkalender nach. Seine Tochter hatte die Tage, an denen sie zu ihm kam, rot umkringelt. Es waren viele Kringel – nur: Was für ein Tag war heute bloß? Dienstag? Freitag?

Vorsichtshalber beschloss er, sich zu rasieren und saubere Kleidung anzuziehen. Ihm entgingen Claudias verstohlene Blicke nicht, wenn sie ihn begrüßte. Er konnte sich noch gut allein versorgen! Es war nur so anstrengend, ihr das immer aufs Neue zu beweisen.

Das Frühstücksgeschirr ließ er stehen, er konnte es später wegräumen. Die Sonne schien verführerisch durchs Küchenfenster, wer weiß, wie lange noch. Es konnte Regen geben. Heinrich zog die blaue Jacke an, nahm seinen Spazierstock und verließ die Wohnung. Angenehm mild empfing ihn die Luft.

»Na, Herr Winter«, rief ihm Frau Schmittke aus dem geöffneten Fenster zu, »machen Sie Ihren Spaziergang?«

Verhalten antwortete er: »Ja«, und murmelte vor sich hin: »Vielleicht schaffe ich es heute noch bis zum Friedhof.«

»Na, na, lassen Sie das lieber nicht Ihre Tochter wissen.«

40

Dieses Klatschweib hat Ohren wie ein Luchs! dachte Heinrich.

Das zarte Grün der Bäume und Büsche tat seinen Augen gut, die Bewegung und die frische Luft belebten ihn. Für sein Alter war Heinrich ganz gut zu Fuß, nur die linke Hüfte machte ihm Probleme. Er brauchte seine Spaziergänge; leider wollte Claudia nicht, dass er allein so weit ging.

Er entschied sich für einen kleinen Abstecher zur alten Mauer unweit seiner Wohnung und blieb dort eine Weile stehen. Seine Hand glitt über die Bruchsteine, über die unebene Oberfläche, über die Mörtelzwischenräume, die sie verbanden. Diese Mauern liebte er. Sie strahlten für ihn etwas Beruhigendes aus, sie erinnerten ihn an die Mauer an seinem Elternhaus, an der er so oft gespielt, auf die er geklettert war und die ihm manche Schürfwunde und einen gebrochenen Arm eingebracht hatte. Wie oft hatte er als Kind sein Ohr an die kühlen Bruchsteine gelegt, damit sie ihm ihre Geheimnisse anvertrauten. Man musste warten, Geduld haben. Er hatte Geduld gehabt und gewartet.

Als Heinrich sich satt gesehen und zum Abschied über die Steine gestrichen hatte, spazierte er weiter zum Park, wo die gelben, blauen und roten Blumen in den Beeten ihm entgegen leuchteten. Die Namen fielen ihm gerade nicht ein, doch das machte nichts. Sie sahen hübsch aus und gaben dem Frühling seine Farbenpracht.

Auf einer sonnigen Bank ruhte er sich aus, beobachtete die Spatzen, die sich auf dem Rasen zankten. Wehmütig schaute er den Spaziergängern hinterher, die zu zweit, zu dritt, zu viert an ihm vorbei schlenderten. Ein vorwitziger Spatz hüpfte auf dem Rasen vor der Bank, stoppte und beäugte ihn. »Na, du Kleiner, auch ganz allein?«, sagte Heinrich. Ein Junge rannte vorbei, und der Vogel flatterte aufgeschreckt davon.

Martha lebte schon viele Jahre nicht mehr, und es schien Heinrich, dass sie ihm jeden Tag noch ein bisschen mehr fehlte. Er fasste sich an die Brust. Da war es wieder, das Ziehen. Und dieser Druck, als spannte sich unter seinen Rippen ein eisernes Band. Er zwang sich, tief und ruhig zu atmen und wartete, dass es nachließ.

Ja, er fühlte sich allein. Vor allem, seitdem auch noch Wolfram Blömer von gegenüber weggezogen war. Claudia kam, so oft es ging, aber das war etwas anderes.

Ein leichter Windstoß glitt durch Heinrichs noch volles, weißes Haar. Es war bestimmt schon spät, und er stemmte sich hoch. Aus welcher Richtung war er bloß gekommen? Von rechts? Von links? Unschlüssig drehte er sich um. Die Wege glichen sich, jetzt wo das frische Blätterwerk der Bäume die Sicht in die Ferne verdeckte. Welchen Weg musste er gehen? Er wusste es nicht mehr.

Sein Atem ging kurz und schnell.

Von rechts näherte sich eine junge Frau mit Kinderwagen. Das Gesicht, umrahmt von den pechschwarzen Haaren, kam ihm bekannt vor. War das die Verkäuferin in der Bäckerei? Oder eine neue Nachbarin im Haus?

Ein Lächeln überzog ihr schmales Gesicht, als sie neben ihm anhielt. »Sind Sie auch auf dem Nachhauseweg? Herr Winter, nicht wahr?« Sie stutzte. »Erkennen Sie mich nicht? Ich bin Frau Resch, aus dem dritten Stock. Wenn Sie möchten, können wir zusammen gehen.«

Heinrich nickte eifrig. »Ja. Ja, gern, Frau … äh. Ich bin nur nicht ganz so schnell zu Fuß wie Sie.«

Frau Resch machte eine wegwerfende Handbewegung, vergewisserte sich kurz, dass das Baby noch schlief, und gemeinsam verließen sie den Park.

»Sie glauben gar nicht, wie wohl ich mich in hier fühle«, plapperte die Nachbarin los. »Erst dachte ich, diese Gegend …« Ihre Stimme klang angenehm, erstaunlich tief und beruhigend, und Heinrich ging schweigend neben ihr und dem Kinderwagen her.

Als sie zu Hause in den Aufzug stiegen, dachte Heinrich: Den Weg hätte ich auch allein gefunden, aber mit der Nachbarin war es netter. Vielleicht kann ich sie ab und zu abpassen, wenn sie losgeht.

Nach dem späten Mittagessen legte er sich aufs Sofa, und erst der schrille Ton der Wohnungsklingel riss ihn aus dem Schlaf. Gleich darauf hörte er, wie sich ein Schlüssel im Türschloss drehte.

»Hallo Paps« - Claudias Stimme flog durch den Flur - »ich bin's.«

Heinrich rappelte sich auf, strich träge seine Haare glatt und schob die Füße in die Pantoffeln. Schon stand seine Tochter vor ihm. Heinrich spürte mehr den kurzen Blick, mit dem sie ihn musterte, als dass er ihn sah. Es war nur ein kurzer Moment; es war immer nur ein kurzer Moment, kaum wahrnehmbar. Rasch stellte Claudia den Einkaufskorb ab, beugte sich zu ihm hinab und gab ihm einen Kuss auf seine glatt rasierte Wange.

»Uff, dieser Job macht mich noch fertig«, schnaufte sie und ließ sich neben ihn auf die Couch fallen. »Du hast es furchtbar warm hier.«

»Ich habe geschlafen«, sagte er gereizt. Sie wusste, dass er leicht fror.

»Warum nimmst du nicht die Decke?«

Heinrich stemmte sich aus dem Sofa hoch. »Wollen wir Kaffee trinken?« Auch Claudia machte Anstalten aufzustehen; er hielt sie zurück. »Bleib sitzen, ich kann das noch. Ruh du dich erst mal aus. Du hast es nötig.«

Claudia hatte bei der Arbeit viel um die Ohren. Irgendwas mit Computern, er konnte sich die Einzelheiten nie merken, all dieser neumodische Kram. Sie trug ihren eleganten blauen Hosenanzug, hatte wohl einen wichtigen Termin gehabt. Vor allem wollte Heinrich verhindern, dass sie seine Küche inspizierte, dass sie anhand der Mineralwasserflaschen kontrollierte, ob er genug getrunken hatte. Das hier war sein Reich; er war zwar alt, aber noch fit.

Als er mit der Kanne zurückkam, war der Tisch schon gedeckt, wie immer mit dem Blümchengeschirr von Villeroy und Boch. In der Mitte stand ein Gugelhupf. Schon lange bat sie ihn nicht mehr, Kuchen einzukaufen, sondern brachte immer welchen mit, auch wenn sie selbst kaum davon aß. Doch dass sie beim ersten Schluck Kaffee den Mund verzog, ärgerte ihn. Sie goss so viel Milch in die Tasse, dass sie fast überlief, und nahm zwei Stück Zucker. Sonst knauserte sie mit jeder Kalorie.

Der Kaffee war heute allerdings wirklich sehr stark geraten, musste Heinrich zugeben.

»Hörst du mir überhaupt zu?«, fragte Claudia.

»Natürlich, … Was hast du gerade gesagt?«

Sie schaute in seine Richtung, doch ihr Blick ging durch ihn hindurch. Sie räusperte sich zweimal und fixierte ihn wieder. »Ich habe gesagt, dass ich dich heute Morgen im Sankt-Marien-Heim angemeldet habe.«

»Was hast du?!« Heinrich setzte die Tasse so heftig ab, dass der Kaffee überschwappte und auf dem Unterteller eine Lache bildete.

Claudias rechtes Augenlid begann zu zucken. »Wir haben vorgestern darüber gesprochen. Erinnerst du dich nicht?«

»Spar dir deinen belehrenden Ton!« Heinrich war aufgesprungen, lief durchs Zimmer wie ein Raubtier im Käfig auf der Suche nach einer Lücke zwischen den Gitterstäben. »Und ob ich mich erinnere! Und ich habe gesagt, dass ich dort nicht hin gehe. Ich lasse mich nicht in ein Altenheim sperren. Basta!« Abrupt blieb er stehen und schlug mit der flachen Hand auf den Tisch.

Hinter ihren Brillengläsern schimmerten Tränen in Claudias grünbraunen Augen. »Glaubst du … es macht mir Spaß, dich dort unterzubringen, wo du hier bleiben möchtest. Im Moment gibt es keine andere Möglichkeit!« Mit einer eigenartigen Mischung aus Entschlossenheit und Bitten sah sie ihn an. »Und wenn ich nicht gleich zugegriffen hätte, hätte es Monate dauern können, bis wieder ein Platz frei ist. Du hast dich dort auf die Warteliste setzen lassen.«

»Nur, weil du mich unter Druck gesetzt hast«, fauchte Heinrich.

Jetzt wurde Claudias Stimme ganz klein. »Du kannst nicht mehr alleine leben. Doktor Schröder sagt …«

»Doktor Schröder! Was der Quacksalber sagt, ist mir egal!«

Als Claudia ihn verließ, sackte Heinrich auf der Couch zusammen. Demenz … Jedes Mal fing sie damit an. Er wollte davon nichts hören. Er war ein bisschen vergesslich, na und?

Er hatte nicht derartig aufbrausen wollen, auf die heutige Wendung war er allerdings nicht gefasst gewesen.

Ein Pflegeheim, das kam nicht in Frage! Hier ging es ihm doch gut. Unwillkürlich fiel ihm Wolfram Blömer ein. Er war sein letzter Skatpartner gewesen und vor ein paar Wochen nach Hamburg gezogen. Zu meinen Kindern, hatte Wolfram tatsächlich beim Abschied gesagt.

Lächerlich. In ein Altenheim hatten sie ihn verfrachtet. So war das.

Auf einmal fühlte Heinrich sich unendlich müde. Er stützte die Ellbogen auf seine Knie und bettete den Kopf in die Hände. Der Regen platschte gegen die Fensterscheibe des Wohnzimmers. Wo Martha nur blieb. Warum war sie nicht da, wenn er sie brauchte! Wo steckte sie, gerade bei diesem Wetter?

Irgendwann blitzte der Gedanke auf: Sie war weg, schon lange … Heinrich hob langsam den Kopf und betrachtete das Acrylgemälde von Norderney, das sie zur Silberhochzeit bekommen hatten. Wie ein Pfeil schoss ein weiterer Gedanke aus den Winkeln seines Hirns hervor: In zwei Wochen, hatte Claudia gesagt.

Heinrich griff nach der Medikamentenschachtel auf dem Tisch, die sie ihm für die nächsten Tage vorbereitet hatte, und ließ die Tabletten langsam in ihren Fächern hin und her kullern.

Die nächsten beiden Wochen waren ausgefüllt mit Aufräumen, Aussortieren und Packen, fast jeden Nachmittag kam Claudia nun.

»Hast du dir frei genommen?«, fragte Heinrich.

Sie schüttelte unwirsch den Kopf und fischte einen Kochtopf aus dem Karton, den sie schon zur Hälfte mit Büchern gepackt hatten.

»Das brauchst du dort nicht.«

Dort sagte sie nur, nahm das Wort Heim nicht mehr in den Mund, so als ob sie sich daran verbrennen würde. Wie oft sagte sie: »Du kannst nicht alles mitnehmen, du hast dort nicht so viel Platz wie hier.«

Heinrich argumentierte, wehrte sich, an einem Nachmittag brüllte er sie sogar an, spie ihr all seine Hilflosigkeit und Wut entgegen. Egal, wie er sich verhielt, er kam nicht an sie heran, es war, als ob sie eine Mauer um sich herum aufgebaut hätte.

Anfangs hatte er gefragt, was mit den Möbeln, die er zurücklassen sollte, passieren würde. Claudia hatte sich in Ausflüchte gerettet. »Du hast einen großen Wandschrank, deinen Kleiderschrank kannst du dort nicht unterbringen. Und dein Bett ist zu alt.«

»Gib zu, dass du alles auf den Sperrmüll bringen willst!«, stieß er hervor, entsetzt über diese plötzliche Einsicht. »Das wird Mama nie zulassen, niemals!«

Claudia knallte das Lexikon, das sie in der Hand hielt, in den Karton und lief ins Bad, und ihr Schluchzen drang durch die Tür. Verwirrt setzte Heinrich sich in seinem Lieblingssessel und stierte vor sich hin. Hatte er wieder von ihr gesprochen?

Als Claudia zurückkam, ignorierte er ihre roten Augen geflissentlich.

Eines Vormittags blickte Heinrich durchs Fenster und überlegte, welche Jacke er zum Spaziergang anziehen sollte. Er stutzte, denn unten an der Straße stand Claudia neben ihrem roten Golf. War es nicht zu früh für ihren Besuch? Gleich dahinter parkte ein weißer Lieferwagen, und Claudia ging zu den zwei jungen Burschen, die ausstiegen.

Langsam, ganz langsam, sickerte die Erkenntnis in Heinrichs Bewusstsein. Seine Muskeln spannten sich wie bei einem Tiger, der zum Sprung ansetzt. Er eilte zur Wohnungstür und drehte den Schlüssel um. Fieberhaft überlegte er, wo Claudia nur den anderen Schlüssel verstaut hatte, der für den zusätzlichen Sicherheitsbalken an der Tür. Mit wenigen Schritten war er in der

Küche, riss die große Schublade der Anrichte auf und durchwühlte sie. Nichts.

Wie ertappt hielt er inne, als es klingelte, lauschte, wie Claudia alarmiert »Paps?« rief. Ein Schlüssel drehte sich im Türschloss, und es knackte.

Schon stand Claudia im Flur und starrte ihn durch die offene Küchentür an, kreideweiß im Gesicht. »Warum hast du denn abgeschlossen?«

Als er sie stumm ansah, trat sie näher und umarmte ihn steif; eine eigentümliche Kälte ging von ihr aus. Heinrich kannte seine Tochter gut genug um zu wissen, dass sie innerlich zitterte. So wie er.

Erst jetzt bemerkte Heinrich die beiden jungen Männer, die ebenfalls in den Flur getreten waren und ungeduldig neben den gestapelten Bücherkartons warteten.

Seine Kraft verließ ihn.

Claudia stellte ihm die Fremden vor, doch Heinrich wandte sich wortlos ab.

Er trottete ins Wohnzimmer, hörte, wie Claudia sich für ihn entschuldigte, dann schimpfend die Bücher, die Heinrich aus dem obersten Karton ausgepackt hatte, zusammensuchte und gleichzeitig den Männern Anweisungen gab. Von der Couch aus lauschte er, wie sie die Kartons hoch wuchteten, hörte das Klacken der Wohnungstür, die sich schloss, hörte Claudias Schritte durch die Wohnung tapsen. Nach einer Weile steckte sie ihren Kopf durch die Wohnzimmertür, versuchte ein Lächeln, die Wangen rosig vom geschäftigen Treiben. »Komm rüber. Ich koche uns gleich einen schönen Kaffee.«

Die Männer trugen seinen Sessel hinunter, den Fernseher, den kleinen Sekretär mit Stuhl, das Bücherregal und die Stehlampe, die er zum 80. Geburtstag bekommen hatte, und die Bilder.

In Heinrichs Kopf wirbelte alles durcheinander. Er wollte ins Bett, schlafen und erst aufwachen, wenn es vorbei war, wenn hier Ruhe und Ordnung eingekehrt wäre. Er stütze sich am Couchtisch auf, rappelte sich hoch, schlurfte zum Schlafzimmer. Dort standen seine beiden großen Reisekoffer, seit Jahren unbenutzt. Wer hatte sie gepackt? Er selbst?

Er zuckte zusammen, als sich eine Hand auf seine Schultern legte. Behutsam drehte Claudia ihn um und lotste ihn in die Küche. Er ließ es geschehen. Es roch nach Kaffee, und auf dem Tisch stand dampfend seine Tasse. Heinrich ließ sich auf die Bank fallen, legte die zittrigen Hände auf der Tischplatte ab. Die Tasse rührte er nicht an. Ernst und eingehüllt in einen unsichtbaren Schleier hockte Claudia ihm gegenüber, rührte in ihrem Kaffee, sagte »Nun mach nicht solch eine Gesicht«, stand auf, um den beiden Männern auch die Koffer anzuvertrauen, und setzte sich schweigend zurück.

Irgendwann sagte sie: »Komm, Paps, es wird Zeit. Wir müssen rechtzeitig vor dem Mittagessen dort sein.« Sie nahm seinen Arm und führte ihn zum Abschied noch einmal in jedes Zimmer; Heinrichs waren Beine schwer. Er fühlte sich um Jahre gealtert.

»Wir können nicht ohne Mama wegfahren«, stieß er hervor, als seine Tochter die Wohnungstür öffnete.

Claudia biss sich auf die Unterlippe, und eine kalte Stille breitete sich zwischen ihnen aus. Dann straffte Claudia sich und sagte, etwas zu laut: »Sie weiß Bescheid, mach dir keine Sorgen. Komm jetzt.«

An der Haustür trafen sie eine schwarzhaarige Frau mit Kinderwagen »Hallo, Herr Winter«, sagte sie »machen Sie einen Ausflug mit Ihrer Tochter?«

Heinrich zuckte mit den Achseln und setzte sich schweigend auf den Beifahrersitz in Claudias Wagen.

»Dieses Heim habe ich mir nicht ausgesucht!«, protestierte Heinrich, als sie die breite Auffahrt entlang fuhren.

Claudia antwortete mit wackeliger Stimme: »Nun warte erst mal ab, bis wir drin sind. Du wirst es schon wiedererkennen.«

Nichts erkannte Heinrich, gar nichts, und das machte alles noch schlimmer. Er schnaubte. Die Brünette am Empfang, die so nett tat, als sei er ein lang erwarteter Hotelgast, hätte seine Enkelin sein können. Claudia führte ihn ins Büro der Leiterin, die ihn mit einem festen Händedruck begrüßte. Die hagere Frau stellte sich als Frau Pitzke vor und setzte, ohne Atem zu holen, zu ihrer Willkommensrede an. Heinrich, in der Sitzecke neben Claudia im plüschigen Sessel versunken, hörte schon nach dem ersten Satz nicht mehr hin. Er musterte die Kakteen auf der Fensterbank und daneben das Gemälde mit den grellen Farbklecksen an der Wand; nur ab und zu schielte er zu Claudia und Frau Pitzke hinüber. Die Leiterin wandte sich mehr und mehr an seine Tochter, die sich ihrerseits an deren Lippen klammerte, als gäbe ihr das Halt.

Beinahe atmete Heinrich auf, als sie ihn zu seinem Zimmer brachten. Apartment, nannten sie es, und sein neues Zuhause.

Es lag im zweiten Stock. Durch einen Vorraum mit großem Wandschrank und einer Tür, die vermutlich zum Bad führte, betrat man das eigentliche Zimmer. Dort warteten seine Sachen schon auf ihn.

»Sie werden sich hier sehr wohl fühlen«, beschwor ihn die Leiterin, deren Namen Heinrich wieder entglitten war.

Sie machte eine ausladende Handbewegung zur Fensterfront. »Das ist eine der Wohnungen mit der schönsten Aussicht. Sie haben wirklich Glück, Herr Winter.« Dieses Glück garnierte sie mit einem verbindlichen Lächeln.

Ob man hier für das Lächeln auch bezahlen muss? schoss es Heinrich durch den Kopf.

Sein schwarzer Ledersessel und seine Stehlampe standen am Fenster, in einer Ecke des großen Zimmers drängten sich seine restlichen Möbelstücke, die drei Bilder und die aufeinander gestapelten Bücherkartons. Daneben hatten sie seine Koffer abgesetzt.

»Bald hast du es ganz gemütlich hier«, sagte Claudia.

Die Frau nickte wie der Wackeldackel auf der Ablage von Heinrichs Mercedes, den er vor ein paar Jahren hatte abgeben müssen. An der gegenüber liegenden Wand befanden sich die Möbel, die offenbar zur Einrichtung gehörten: ein Bett mit Nachtschränkchen und ein niedriges Sideboard.

Heinrich atmete tief durch, als die Heimleiterin endlich das Zimmer verließ.

Claudia trat ans Fenster. »Es ist schön hier«, sagte sie, nach draußen gewandt.

»Es ist ein Käfig«, sagte er, »ein kleiner goldener Käfig.

Noch vor dem Mittagessen machte man Heinrich mit dem anwesenden Personal bekannt. Wortkarg ließ er die Prozedur über sich ergehen. Eine der Angestellten, die mit dem roten Igelhaarschnitt, dem aufdringlich geschminkten Gesicht und dem stechenden Blick, war ihm auf Anhieb unsympathisch. Ihr würde er bestimmt aus dem Wege gehen.

Das Restaurant war hell und freundlich, das musste Heinrich immerhin zugeben. Hier wurde er auch den anderen Bewohnern vorgestellt. Sie saßen bereits an ihren Plätzen und warteten auf das Essen. Neugierige Blicke trafen ihn, eine Frau mit graugelocktem Haar tuschelte wie ein Schulkind mit ihrer Nachbarin, die ihn argwöhnisch musterte ihn. Während Claudia mit der Heimleiterin zurück ins Büro ging, wies man ihm seinen Platz zu. Seine Tischnachbarn waren zwei Frauen und ein glatzköpfiger Mann.

Mit den Namen hatte Heinrich sich keine Mühe gegeben, wozu auch? Meier-Müller-Schulze nannte er sie einfach in seinem Kopf.

»Bei der Suppe muss man immer aufpassen, dass man sich nicht die Zunge verbrennt«, sagte Meier, die dürre Nachbarin mit dem blassen runzligen Gesicht rechts von ihm, als die Tomatensuppe aufgetragen wurde. »Die Kartoffeln dagegen könnten heißer sein.«

Die Suppe war in Ordnung; zum Hauptgericht servierte man ihnen Königsberger Klopse.

»Die mag ich nicht«, sagte Heinrich und schob den Teller so heftig von sich, dass er dabei fast die kleine Vase mit den Tulpen mitten auf dem Tisch umstieß.

Geistesgegenwärtig fing der junge Mann, der sie bediente, die Vase auf. »Ab morgen können Sie sich den Hauptgang aussuchen«, sagte er und hob die Schultern, »heute geht es leider nicht mehr.« Das allgemeine Besteckklappern schien seine Aussage zu bekräftigen.

Als ob dieser Vorfall ein Ventil in ihr geöffnet hätte, übergoss die füllige Rothaarige, die Heinrich gegenüber saß und die er Müller getauft hatte, ihre Tischnachbarn mit einem Redeschwall. Wobei sie es sich nicht nehmen ließ, Schulze, dem Glatzköpfigen zwischen ihr und Heinrich, schöne Augen zu machen.

»Spielen Sie Schach?«, fragte Schulze ungerührt, an Heinrich gewandt.

»Nein«, antwortete Heinrich, »Skat.«

»Oh. Ob sie da jemanden finden.«

Claudia überschlug sich, ihn von den Vorzügen des Heims zu überzeugen, und die Angestellten bemühten sich ebenfalls. Doch Heinrich konnte sich dort nicht wohl fühlen, er sehnte sich nach seiner Wohnung in der Lisztstraße zurück. Allein die langen Flure und die vielen Räume des Hauses, in denen er sich auf dem Weg zum Frühstück oder zurück zu seinem Zimmer wie ein kleines Kind verlief.

»Es geht dir doch gut hier, Paps«, presste Claudia bei ihren Besuchen hervor. »Das Haus hat einen guten Ruf.«

Ob sie hoffte, dass er ihre vorwurfsvollen Blicke nicht bemerkte? Sollte er Dankbarkeit heucheln, wo Enttäuschung und Bitterkeit in ihm herrschte, ihn manchmal sogar die Angst packte? Er fühlte sich wie gelähmt in seinen aufgezwungenen Versuchen, sich hier einzuleben.

»Und was ist mit meiner Wohnung?«, fragte er.

Sie schluckte und presste ihre Lippen zusammen.

Der Park, der das Heim umgab, bot Heinrich etwas Trost in diesem täglichen Einerlei von Frühstück, Zeitung lesen, Mittagessen, Mittagsruhe und stundenlangem Sesselhocken am Fenster. Vor allem mochte er den Teil des Parks hinter dem Hauptgebäude. In dessen äußerster Ecke hatte er eines Tages hinter hohem Gebüsch das Stück einer alten Mauer entdeckt, einer schönen alten Bruchsteinmauer. Er hatte vorgehabt, Claudia davon zu erzählen, aber an diesem Tag war sie nicht gekommen und später hatte sich irgendwie keine Gelegenheit mehr dazu ergeben. Vielleicht war es auch besser, ihr nicht davon zu erzählen.

Täglich versuchte Heinrich, die Mauer zu finden. An manchen Tagen gelang ihm das nicht, und er irrte betrübt im Park umher, bis jemand ihn ins Haus zurück begleitete.

Wenn er die Mauer jedoch fand, legte er eine Hand auf die rauen Steine, und sie wurden zu seiner Klagemauer. Claudia hatte gewonnen. Er hasste sie dafür, und sich selbst hasste er erst recht. Wo war seine Unabhängigkeit geblieben und sein Durchsetzungsvermögen? Alles hatte sich in Luft aufgelöst.

Oft stritt er mit Claudia, wenn sie ihn besuchte. Es gab Tage, da hatte er dazu keine Kraft mehr, und er wollte nicht dauernd Streit mit ihr. An solchen Besuchstagen blitzen ihre Augen manchmal kurz auf, und ihr Mund öffnete sich, als wollte sie ihm etwas sagen. Doch jedes Mal schloss sie ihn nach kurzem Zögern wieder.

Außerdem war Claudia unzufrieden, dass er nicht an den vielen Angeboten des Heims teilnahm.

»Ich suche Skatspieler, die gibt es hier aber nicht«, sagte Heinrich vorwurfsvoll.

»Warum spielst du nicht Rommee? Oder mach bei der Gymnastik mit oder in der Literaturgruppe. Das wird dir guttun.«

»Papperlapapp!«

»Immer, wenn ich komme, hockst du in deinem Sessel und starrst aus dem Fenster.«

»Das stimmt nicht. Morgens gehe ich spazieren. Und ich lese die Bücher wieder, die ich lange nicht gelesen habe.«

»Die Schachnovelle von Zweig liegt seit deinem Einzug auf dem Nachttisch.« Claudia hielt das dünne Bändchen in die Höhe. »Das Lesezeichen steckt immer noch zwischen den ersten Seiten.«

Heinrich wusste nicht, wie lange er schon in dem Heim war, und von Tag zu Tag sehnte er sich mehr nach seiner alten Wohnung.

An einem Nachmittag nahm er kurzentschlossen seine Wolljacke, seinen Stock, steckte ein paar Geldscheine in die Hosentasche und machte sich auf den Weg nach Haus. In den Fluren rauschte nur die Meier an ihm vorbei, sicher wollte sie zur Literaturgruppe oder zum Kaffeetrinken ins Bistro zu den anderen. Von den Angestellten war niemand zu sehen. Das Empfangsfräulein in der Eingangshalle telefonierte eifrig, und Heinrich war froh, dass sie ihn nicht beachtete. Dann schlenderte er bewusst langsam durch den vorderen Teil des Parks zum Haupttor; zum Glück begegnete ihm niemand. Er huschte durchs Tor und bog rechts in die breite Straße, über die die Autos sausten. Auch Taxen kamen vorbei, und Heinrich stellte sich winkend an die nächste Bushaltestelle. Ein leichter Nieselregen setzte ein. Es dauerte eine Weile, bis ein Taxi anhielt.

»Wohin darf's denn sein?«, fragte der bärtige Fahrer.

»Äh«, sagte Heinrich, »nach Hause bitte.«

Der Taxifahrer warf ihm einen amüsierten Blick zu. »Und in welcher Straße ist ihr Zuhause?«

Eine Hitzewelle stieg in Heinrich hoch. »Äh, in der … in der Straße mit den vielen Linden.«

»Die Lindenstraße.«

»Nein, nein, nicht die Lindenstraße. Die andere.«

Der Taxifahrer drehte sich ein Stück weiter zum Rücksitz und wiegte den Kopf. »Ich fahre Sie ja gern, auch kreuz und quer durch die ganze Stadt, wenn Sie möchten. Bloß - wenn Sie ein bestimmtes Ziel haben, müssen Sie es mir schon sagen.«

Heinrich wischte sich den Schweiß von der Stirn. Gleich, gleich würde es ihm einfallen, bestimmt. Stirn runzelnd sah ihn der Fahrer an.

In diesem Moment trommelte jemand von außen an die Autoscheibe. Es war Claudia. Über ihrer Nasenwurzel hatte sich eine tiefe Falte eingegraben.

Eines Abends nach dem Essen sprach ihn ein Bewohner an, den Heinrich noch nie gesehen hatte. Er stellte sich als Sonnberg vor, Alfons Sonnberg »Sie sind neu, nicht wahr? Ich habe ein paar Wochen im Krankenhaus gelegen, deshalb sind wir uns noch nicht begegnet.« Heinrich fand ihn nicht unsympathisch, der Mann erinnerte ihn auch an irgendjemanden; doch Heinrich hielt sich lieber erst einmal zurück. Sonnberg fuhr fort: »Sind Sie derjenige, der Skat spielt?«

Damit war das Eis gebrochen und sie wurden Skatpartner. Es reichte nur für Bauernskat, denn ein dritter Partner war nicht zu finden. Sonnberg machte eine wegwerfende Handbewegung. »Ich hab schon alles versucht, das ist zwecklos. Rommee und Canasta - ja, das spielen hier viele, aber keinen Skat.«

Heinrich entwickelte schnell eine Sympathie zu diesem Mitbewohner, die Grübchen am Kinn erinnerten ihn an Wolfram Blömer. Abends trafen sich die beiden zum Spiel, und nach einer Woche bot ihm Alfons das Du an.

»Siehst du, was habe ich dir gesagt?«, meinte Claudia, als Heinrich ihr davon erzählte.

Doch kurz darauf musste Alfons erneut ins Krankenhaus – und die Skatrunden, auf die Heinrich sich den ganzen Tag freute, fielen aus.

Heinrich packte seine Sachen, um Alfons in der Klinik zu besuchen, aber seit dem Vorfall mit dem Taxi hatten alle Angestellten ein sehr wachsames Auge auf ihn. Ausgerechnet die Pflegerin mit dem roten Igelhaar erwischte ihn im letzten Moment an der Eingangstür.

»Herr Winter, Sie sollen das Gelände nicht allein verlassen, Sie könnten sich verlaufen.« Sie versuchte sich an einem Lächeln. »Ihre Tochter kommt bestimmt heute, da können Sie nachher mit ihr spazieren gehen.«

Claudia kam an diesem Tag nicht. Abends rief sie an und entschuldigte sich, eine Geschäftsbesprechung sei ihr dazwischengekommen.

Am nächsten Tag machte sie ein besorgtes Gesicht, als sie ihn begrüßte. Sie gingen ins Bistro zum Kaffeetrinken.

»Warum knabberst du die ganze Zeit an deinen Lippen?«, fragte Heinrich. »Ist irgendwas?«

»Hast du schon von Herrn Sonnberg gehört?«

»Der liegt im Krankenhaus, das hab ich doch erzählt. Ich will ihn besuchen.«

Claudia räusperte sich, beugte sich vor und nahm die Hand ihres Vaters. »Herr Sonnberg ist heute Morgen gestorben. Das habe ich gerade von Frau Pitzke erfahren.«

Es war Heinrich, als legte sich ein enger Panzer um seine Brust.

Alfons' Apartment würde bald neu belegt werden. So schnell ist jemand ersetzbar, dachte Heinrich bitter, die wollen nur ihr Haus voll belegt haben.

Als er eines Abends den Namen des Nachfolgers hörte, durchfuhr es ihn: Kein Zweifel, das musste sein alter Chef sein, mit dem Heinrich nichts als Ärger und Streitereien gehabt hatte! Dr. Christian G. Krautgarten – diesen Namen würde Heinrich nie vergessen. Fluchtartig verließ Heinrich den Speisesaal, rempelte auf der Tür Frau Pitzke an, irrte durch die Flure, fand endlich sein Zimmer und verbarrikadierte sich dort. Sein Herz jagte, und vorsichtshalber nahm er eine Tablette. Stillsitzen konnte er nicht, er stapfte zwischen den Möbeln auf und ab, auf und ab. Über Krautgarten und seine anmaßende Art wollte er sich nie mehr ärgern müssen!

Es klopfte an der Tür, die Klinke wurde gedrückt und jemand rief: »Herr Winter, ist alles in Ordnung?«

»Ja«, antwortete Heinrich, »mir geht es gut! Ich möchte schlafen.« Er setzte sich in den Sessel und stellte die Liegeposition ein. Auf der Fensterbank lag noch die Medikamentenschachtel. Zögernd griff Heinrich erneut danach, hielt sie in der Hand und betrachtete sie nachdenklich.

Ganz allmählich beruhigten sich sein Körper und sein Geist, und irgendwann nickte er ein.

Als er aufwachte, dämmerte es bereits. Es brauchte eine Weile, bis die Erinnerungsstücke sich in seinem Kopf wieder zusammensetzten. Mit jedem Puzzlestück reifte Heinrichs Entschluss: Hier würde er nicht länger bleiben. Keinen Tag, keine Nacht. Er wollte nach Hause zurück.

Er packte Pyjama und Zahnbürste in einen Beutel, zog die dunkelgraue Jacke über, griff nach dem Stock und schlich wie ein Einbrecher aus dem Zimmer, über die langen Flure, immer auf der Hut, um niemandem zu begegnen. Stahl sich an der Rezeption vorbei, an der bereits der Nachportier den Dienst angetreten hatte und in seine Zeitung vertieft war. Unbemerkt gelangte Heinrich aus dem Gebäude und humpelte eilig durch den Park zum Hauptausgang. Am Himmel hatten sich Wolken zusammengezogen, zum Glück regnete es nicht. Die Luft war mild, und es duftete nach frisch gemähtem Gras.

Er würde den Weg finden, natürlich würde er ihn finden. Es war weit nach Haus, das wusste er. Oder nicht? Mit Claudias Auto war es damals schnell gegangen. Wann war das gewesen? Vor drei Wochen? Vor drei Monaten? Vor drei Tagen?

Sobald er rechts in die Hauptstraße gebogen war, verlangsamte er seine Schritte; es strengte ihn sehr an, so schnell zu gehen. Seine Hüfte schmerzte. Nur ab und zu fuhr ein Taxi vorbei, doch immer bemerkte Heinrich es zu spät.

Dass die Straße sich derart in die Länge zog, hatte er nicht erwartet. Bestimmt musste er bald abbiegen. Er nahm die nächste Querstraße nach links, aber je länger er ihr folgte, desto unbekannter kam ihm alles vor.

Wo lag sein Zuhause? Er wusste es nicht mehr. Ihm fiel weder die Straße noch die Hausnummer ein. Aber wenn er dort wäre, würde er das Haus wiedererkennen, ganz sicher. Hatte er den Schlüssel dabei? Heinrich wühlte in seinen Taschen, durchsuchte unter einer Straßenlaterne den Beutel. Kein Schlüssel. Wie wollte er ins Haus und in seine Wohnung kommen? Das wird sich zeigen, wenn ich angekommen bin, beruhigte er sich selbst. Irgendjemand wird mir schon die Haustür öffnen. Wolfram Blömer hatte bestimmt noch den Ersatzschlüssel. Der würde ihn rein lassen, auf Wolfram war Verlass.

Heinrich ging weiter, bog nach rechts, nach links, wie es ihm gerade in den Sinn kam; er mied die kleinen dunklen Gassen, ebenfalls die großen lauten Straßen. Eine große Müdigkeit legte sich auf seine Glieder, immer schwerer fiel ihm das Gehen. Wieder und wieder ruhte er sich auf einer Bank aus. Seine Füße taten weh, die Hüftschmerzen steigerten sich bei jedem Schritt.

Er musste weiter Er wollte nur noch nach Haus, in sein Bett. Er stapfte die breite Straße bis zum Ende, bog in die nächste ein. Er kannte die Straße nicht. Er kannte diese ganze Gegend nicht, hatte keine Ahnung, in welchem Teil der Stadt er sich befand. Manchmal dachte er, er ginge im Kreis.

Wie lange war er schon unterwegs? Seine Armbanduhr zeigte halb eins – oder sechs? Wann war er losgegangen? War er schon zwei Nächte unterwegs?

Bei jedem Schritt ging ein stechender Schmerz durch die Hüfte, der Rücken und die Beine waren müde, die Füße brannten. Er wollte sich ausruhen, nur ausruhen …

An der nächsten Ecke bog er in eine schmale Seitengasse, die von hohen Hecken gesäumt war. Darüber lugten im Halbdunkel des Laternenscheins Villendächer hervor. *Wilhelmstraße* entzifferte er auf dem Schild. An einer Bushaltestelle ließ er sich auf die Bank sinken und verschnaufte eine Weile. Immer wieder verschwand der abnehmende Mond hinter den Wolken. Heinrich erinnerte sich genau daran, wie sein Vater es ihm als Kind erklärt hatte: abnehmender Mond wie der Kringel beim Schreiben vom kleinen Schreibschrift-A – und zunehmender wie die Sichel beim altdeutschen kleinen Z. Auch all die Sternbilder am Himmel hatte sein Vater ihm erklärt, den Kleinen und den Großen Wagen, den Orion.

Heinrich seufzte. Er musste weiter.

Drei Jugendliche torkelten über den Bürgersteig und hielten direkt vor seiner Bank. »Hey, Opa, was machst du denn noch um diese Zeit hier?«, krakeelte der Größte von ihnen und blies Heinrich eine Wolke aus Alkohol entgegen. Auch die anderen beiden grölten und bauten sich vor Heinrich auf.

Heinrich rutschte auf der Bank hin und her, krallte sich mit der einen Hand an den Holzlatten der Sitzfläche fest. Der Größte der drei schoss nach vorn und versetzte ihm einen Schlag gegen die Schulter. Heinrich prallte zurück, mit dem Rücken gegen die Banklehne. Er stöhnte auf. Die beiden anderen feuerten ihren Kumpel mit hässlichem Lachen und obszönen Gesten an.

»Ich tu euch doch nichts«, krächzte Heinrich; seine Stimme war ihm selbst fremd. »Lasst mich in Ruhe.«

Da entdeckte der Anführer Heinrichs Stock, der rechts an der Bank lehnte, griff danach und fuchtelte damit vor Heinrichs Nase herum. »He, Alter, mal gucken, was du noch so drauf hast. Das wird'n Spaß!«, rief er. Die anderen zwei grölten.

Heinrich stockte der Atem. Sein Mund war ausgetrocknet, sein Herz flatterte.

»Lass abhaun, die Bullen!«, rief der Anführer plötzlich, ließ den Stock fallen, und alle drei rannten davon.

Aus der Ferne vernahm jetzt auch Heinrich ein Martinshorn. Unüberhörbar näherte es sich von links, wurde lauter, eindringlicher, kreischte in den Ohren. Ein Polizeiwagen mit Sirene sauste an der Bank vorbei.

Nur langsam verebbte das Geheul.

Heinrichs Hände zitterten, auch die Beine konnte er nicht still halten, obwohl er immer noch auf der Bank saß. Benommen beugte er sich vor und hob seinen Stock vom Boden auf. Was tat er hier allein, mitten in der Nacht? Das Wolkenband am Himmel hatte sich verzogen, die Mondsichel verbreitete ein spärliches Licht.

Schließlich rappelte er sich von der Bank auf.

Sein Herz jagte immer noch, wie ein Pferd, das aus dem Rhythmus gekommen ist, galoppierte es. »Du darfst dich nicht schlagen«, hatte sein Vater ihm stets eingebläut. »Nur Pack schlägt sich.«

Heinrich musste nach Hause. Sie würden warten. Er durfte nicht zu spät nach Hause kommen, das erlaubten seine Eltern nicht. Es war schon dunkel. Sie würden sich Sorgen machen, ihn suchen.

Langsam setzte er einen Fuß vor den anderen, schaute sich nach allen Richtungen um.

Wo war er nur? Er hatte sich verlaufen.

Weiter, weiter, nach Hause, betete er sich bei jedem Schritt vor. War er gestürzt? Sein Bein tat weh, er humpelte. Plötzlich stand er vor einer Mauer.

Ein Glücksgefühl durchströmte ihn warm, als er sie erkannte. Die Mauer, die den Hof seiner Eltern umgab. Seine Mauer. Sie schien heute niedriger zu sein als sonst. Er strich über die raue Oberfläche, vorsichtig, zärtlich. Ihm war, als erkenne er jeden einzelnen der Steine wieder. Er stand allein im Halbdunkel. Er hielt sein rechtes Ohr an die kühle Wand, im Ohr pochte, pochte und polterte es. Er zuckte zusammen, als ein Käuzchen rief.

Es war schon spät! Seine Eltern warteten auf ihn. Das Tor war um diese Zeit bereits zu, also musste er über die Mauer klettern. Er streckte die Arme, suchte mit den Fingern Halt in den Ritzen, hob gleichzeitig den linken Fuß hoch. Vor Schmerz verzog er das Gesicht. Er biss die Zähne zusammen, probierte es weiter, schaffte es nicht, bekam keinen Halt, die Beine fühlten sich bleiern an. Immer wieder krallte er seine Finger in die Ritzen, suchte Halt, versuchte, die Füße zu heben und auf einen Steinvorsprung zu setzen. Er schaffte es nicht.

Wie kam er jetzt nach Hause? Mit einer Hand abgestützt, stolperte Heinrich an der Mauer entlang und zurück. Was sollte er tun? Dicke Wolken schoben sich erneut vor den Mond, die nächste Straßenlaterne war weit entfernt, es war nun fast stockfinster. Er konnte doch nicht die Nacht über draußen bleiben. Seine Eltern würden umkommen vor Sorge, wenn er nicht rechtzeitig heim kam. Er musste nach Hause!

Sein Herz hämmerte.

Da erklang die Stimme seiner Mutter, die ihm vorlas: *»… Und als sie ein Stück Wegs gefahren waren, hörte der Königssohn, dass es hinter ihm krachte, als wäre etwas zerbrochen.«* Das Märchen vom Froschkönig.

Heinrich fasste sich an die Brust, der Schmerz schoss bis in Arm und Schulter. Dann war ihm, als quetschte etwas seinen Brustpanzer zusammen.

»…Da drehte er sich um und rief:
»Heinrich, der Wagen bricht.« —
»Nein, Herr, der Wagen nicht,
es ist ein Band von meinem Herzen,
das da lag in großen Schmerzen, …«

Um Heinrich wurde alles schwarz.

Der Morgen graute bereits, als man ihn fand, tot, vor der alten Mauer unweit der Lisztstraße.

Märchen- und fabelhaft

Nach dem Besuch der Grimmwelt in Kassel

Es waren einmal zwei grimmige Brüder, die sammelten Wörter, verschickten viele Briefe in alle Welt und beschrieben abertausende von Zetteln. Dazwischen zogen sie immer wieder aus und sammelten Geschichten im ganzen Land. Märchenhafte Geschichten. Auch diese schrieben sie nieder.

Sie arbeiteten Jahr um Jahr hart bis zu ihrem Tode.

Und wenn sie nicht gestorben sind, so leben die Grimm'schen Wörter, die Märchen und Geschichten bis heute.

Das Märchen vom Bücherregal

In einem Bücherregal standen unter vielen anderen zwei dicke Bücher nebeneinander: ein altes Märchenbuch in abgegriffenem roten Einband und ein nagelneues, bunt glänzendes Lexikon, der letzte Band W-Z, einer ganzen Reihe; vor kurzem erst hatte es seinen Platz im Regal bekommen.

Der Neuling rümpfte die Nase über seinen Nachbarn und versuchte vergeblich, etwas von ihm ab zu rücken.

Das bemerkte das Märchenbuch und fragte höflich: »Was ist denn los?«

»Pah! Was los ist?,« blaffte das Lexikon, Band W-Z. »Dass ich es ertragen muss, neben solch einem alten Schinken zu stehen! Und dann noch neben einem … Märchenbuch.«

»Alter Schinken?«, schnaufte das Märchenbuch. »Ich verwahre in mir die schönsten Märchen der Welt - und noch immer sind sie aktuell. Und immer wieder erzähle ich sie von neuem.«

»Aktuell! Wer will den heutzutage noch MÄRCHEN lesen?« Das Lexikon rümpfte die Nase »Ich vereine in mir das Wissen der Welt, von W bis Z, und zwar auf dem allerneusten Stand!«

»Ach, das Wissen der Welt? Was weißt du denn schon vom Leben? Du sprichst nur mit dem Kopf. Ich aber erzähle mit dem Herzen und der Seele; das ist mehr wert als all dein Wissen.«

So stritten sie und stritten, keines wollte dem Anderen Recht geben.

Zufällig hörte der Besitzer den Streit. Er aber schmunzelte nur und sagte zu sich: »Was glaubt ihr denn wohl, warum ich euch beide in meinem Regal stehen habe?«

Da er die beiden Bücher jedoch nicht von einander trennte, stehen sie nach wie vor nebeneinander im Bücherregal – und streiten sich noch heute.

Waffen für den König

Ich möchte dir ein schönes altes Märchen erzählen:

In einem fernen Land herrschte einst ein mächtiger König, der nichts mehr fürchtete, als von seinen Untertanen gestürzt zu werden und deshalb grausam gegen sein eigenes Volk vorging. Die Menschen kannten es kaum anders und niemand traute sich, etwas gegen ihn zu sagen oder zu tun. Ein jeder hatte Angst, dass der König ihn gefangen nehmen und hinrichten lassen könnte.

Der Herrscher aber hatte auch einige Freunde, in seinem Reich und außerhalb. Diese hatten ihm viel zu verdanken - Vorrechte, Geld und Wohlstand - denn, wer ihm wohl gesonnen war und ihm nach dem Mund redete, den beschenkte der König reich.

Der König musste viele Waffen bestellen, um seine Herrschaft im Land zu sichern, und alle Waffenlieferanten machten gute Geschäfte mit ihm und erwirtschafteten hohe Gewinne. Bald reichten die Waffen seines eigenen Landes aber nicht mehr aus, und der Herrscher bestellte größere und heimtückischere in fremden Ländern. Auch deren Waffenlieferanten freuten sich ob der guten Geschäfte.

Die Bewohner des Landes aber konnten in vielen Regionen nicht mehr leben, weil durch die Kämpfe die Häuser zerstört und die Felder verwüstet waren.

Heimlich hatte sich jedoch irgendwann Widerstand gegen den König gebildet, von aufrechten Menschen, aber auch von anderen, hinterhältigen, die nur die Macht an sich reißen wollten. Doch diese Gruppen waren einander nicht Freund und begannen, sich gegenseitig zu bekämpfen. Schließlich gab es so viele Gruppen und Gegner, dass bald niemand mehr wusste, wer für das Gute und wer für das Schlechte stand. Jeder beanspruchte die guten Mächte für sich, und das Töten nahm kein Ende.

So begannen die verzweifelten Menschen, ihr Land zu verlassen, um ihr Leben zu retten.

Von fern aber schauten die anderen Länder zu und konnten sich nicht einigen, wie man Frieden stiften konnte. Fremde Machthaber mischten sich in die Kämpfe, ein jeder auf seinen eigenen Vorteil bedacht, und das geschundene Land wurde zum Zankapfel vieler Herrscher.

Die Waffenlieferungen in das Land und die Verfolgungen und Kämpfe nahmen und nahmen kein Ende.

Eines Tages aber kam eine Fee, die sämtliche Waffenbestellungen mit einem Zauber belegte: eine jede Bestellung bekam ein zusätzliches L.

So kam es, dass statt der Waffen nur noch Waffeln geliefert wurden.

Der König des fernen Landes tobte, doch niemand konnte den Zauber lösen. Die ausgehungerten Menschen stürzten sich auf die Waffeln und hatten endlich wieder satt zu essen.

Nach und nach kehrten die geflüchteten Bewohner in ihr Land zurück, errichteten ihre Häuser neu, bestellten die Felder und hatten keine Waffengewalt mehr zu fürchten.

So kam Frieden in dieses geschundene Land. Der König aber starb irgendwann eines natürlichen Todes.

Und wenn es nicht gestorben ist, lebt es weiter, das Märchen von den WAFFELN, die das Land und dessen Menschen

retteten, statt als WAFFEN alle und alles zu vernichten.
Aber leider, mein Kind, ist es nichts weiter als ein Märchen.

Die klugen Schafe

Seitdem das schwarze Schaf in die Herde gekommen war, musste es als Sündenbock für alles herhalten. Egal, ob die Stelle mit den würzigsten Kräutern, die der Leitwidder als seine Ecke der Weide betrachtete, abgefressen war, ob jemand einen falschen Wolf-Alarm ausgelöst oder ob eins der Tiere den Hut des Schäfers angeknabbert hatte: Immer wurde die Schuld der schwarzen Morena gegeben.

Morena war ein ausgelassenes Schaf, wild und mutig. Aber über diese Ungerechtigkeit ärgerte sie sich, denn in den meisten Fällen war nicht sie die Übeltäterin gewesen. Doch es half nichts. Schwarz blieb schwarz und schließlich gab sie es auf, sich gegen die Anschuldigungen zu wehren. (Der Hut des Schäfers schmeckte übrigens nicht.)

Morena entging nicht, wie die jungen Lämmer bewundernd zu ihr hinüberschielten, wenn sie auf der Weide herum sprang und Schabernack trieb. Sie begann, mit den Lämmern zu spielen und sie freundeten sich mit Morena an.

Die Mütter bemerkten das zunächst gar nicht, denn sie standen mit den Widdern beisammen und tratschten ausgiebig über die neuesten Neuigkeiten – und natürlich über das schwarze Schaf.

Eines Tages verirrte sich Junior, das jüngste, sehr neugierige Lamm, in einem kleinen Waldstück. Beinahe hätte es der Wolf erwischt. In letzter Minute rettete Morena das Lamm mit einem beherzten Sprung, und der Schäferhund verjagte den Wolf.

Ein anderes Mal graste die Herde auf der eingezäunten Weide, als ein Lamm sich in der hintersten Ecke im

Drahtzaun verfing. Es strampelte und schrie vor Angst, doch es konnte sich nicht aus eigner Kraft befreien. Wieder war Morena als Erste zur Stelle und befreite das Lamm.

Ganz allmählich betrachteten die Muttertiere Morena mit einem gewissen Wohlwollen. Insgeheim genossen sie es gar, dass das Schaf ausgiebig mit den Lämmern spielte und so sie, die Mütter, entlastete. Später würden sie ihren Lämmern die Flausen schon noch austreiben, die Morena ihnen in die Köpfe setzte. Die Widder allerdings beäugten das schwarze Schaf weiter argwöhnisch.

Vor allem der Leitwidder Cäsar beharrte laut auf seinem Standpunkt. »Sie ist nicht weiß! Das seht ihr doch«, blökte er eines Abends auf der Versammlung der Herde. »Sie ist nicht wie wir. Und das wird auch so bleiben. Der Schäfer will sie behalten, aber ich werde sie dennoch nicht akzeptieren!« Und mit diesem Machtwort beendete er die Diskussion, bevor sie richtig begonnen hatte.

Doch er ahnte nicht, was hinter seinem Rücken geschah. Morena bekam von alledem nichts mit, denn zu den Versammlungen ging sie schon lange nicht mehr. Sie graste allein am Rande der Weide. Erst als Wolke eines Tages auf sie zu trippelte, hob sie den Kopf. Das Mutterschaf war Cäsars Lieblingsfrau und hatte die flauschigste Wolle in der ganzen Herde.

»Morena«, sagte Wolke und blickte sie aus großen Augen an. »Ich muss mit dir reden. Cäsar mag dich nicht, da können wir uns das Maul wollig blöken. Er ist ein Sturkopf. Aber die anderen Widder konnten wir überzeugen. Wir haben etwas beschlossen ...«

Morena hörte zu und zuckte verwundert mit den Ohren. Zum Schluss lächelte sie verschmitzt und sagte: »Ja, wenn ihr meint.«

Am nächsten Abend legte sich kein Lamm, kein Schaf, kein Widder schlafen - bis auf Cäsar, dem Wolke einen Schlaftrunk eingeflößt hatte. Die ganze Herde aber arbeitete emsig bis Mitternacht im fahlen Mondschein mit Farbeimern und Pinseln.

Als am nächsten Morgen der Hahn krähte und Cäsar erwachte, glaubte er sich in einem bösen Traum: Er war umringt von einer schlafenden schwarzen Herde!

Ungläubig rieb er sich die Augen und schüttelte den Kopf, um den Alptraum loszuwerden: Alle Lämmer, Schafe, Widder waren – schwarz wie die Nacht. Schwarz wie Morena.

Als wenn er den Wolf gesichtet hätte, sprang der Leitwidder auf die Beine. Voll böser Vorahnung senkte er langsam seinen Kopf. Er wagte kaum zu atmen, als er an sich hinuntersah: Doch er war weiß, wie immer. Ein wunderbar warmes Gefühl der Erleichterung kreiste in seinem Bauch, bereit, seinen ganzen Körper zu durchströmen.

Aber die anderen Schafe ... Es war eine Katastrophe. Cäsar warf den Kopf in die Höhe und stieß ein markerschütterndes Blöken aus.

Schlagartig erwachte die Herde. Die Mutterschafe versuchten, die aufgeschreckten Lämmer zu beruhigen.

Wie auf Kommando starrten alle Tiere den Widder an. »Du bist weiß!«, riefen sie. »Du bist nicht wie wir. Was willst du hier?«

Dieses Mal schallte Cäsars Blöken so laut, dass die Wände des Stalls erzitterten. Und der Leitwidder raste, wie vom Wolf gejagt, aus dem Stall und über die Weide.

Die anderen Schafe sahen ihm schweigend nach. Sie ließen ihn gewähren; den ganzen Vormittag sprach niemand auf der Weide mit Cäsar, niemand kam in seine

Nähe. Wie ein Ausgestoßener blieb er von der Herde getrennt, fern der anderen, jetzt schwarzen Schafe leuchtete sein helles Fell.

Erst am späten Nachmittag trabten die älteren Muttertiere und zwei Widder zu ihm.

»Was wollt ihr hier?«, fuhr Cäsar sie an. »Lasst mich in Ruhe.«

»Es ist gut, Cäsar«, sagte Wolke. »Das alles ist nur Farbe. Wir wollten dir eine kleine Lektion erteilen.«

Cäsar blickte so düster, wie nur er blicken konnte.

Einer der Widder fuhr fort: »Wir haben beschlossen, dass Morena von nun an ganz zur Herde gehört. Sie ist anders als wir, aber wir wollen sie bei uns haben. Und die Lämmer lieben sie.«

»Wir hoffen, du hast es jetzt verstanden«, sagte Wolke und stupste Cäsar versöhnlich mit der Schnauze an.

Widerwillig senkte der Leitwidder den Kopf.

Erst nach zwei Tagen – die Farbe der Tiere war längst wieder abgewaschen – kehrte er zu seiner Herde zurück, als sei nichts geschehen. Morena ignorierte er, soweit wie möglich. Und immer, wenn sie wieder einen Streich gespielt hatte, sagte Cäsar zu Wolke: »Ich habe es ja gesagt! Sie ändert sich nie.«

»Du aber auch nicht«, entgegnete Wolke dann nur und graste weiter.

Wie der Esel zu seinen langen Ohren kam

Am Tag, als Gott die Tiere erschuf, erschuf er auch den Esel.

Als der Herr sein Werk vollendet hatte, gab er dem Esel einen leichten Klaps auf das Hinterteil und sagte: «So, du bist fertig. Nun geh.«

Doch der Esel bewegte sich nicht.

»Ich sagte: Geh, Esel«, wiederholte Gott. »Du bist fertig.«

Doch der Esel rührte sich nicht von der Stelle.

Da zog Gott den Esel am rechten Ohr und sagte wieder: »Nun geh, Esel! Ich will die anderen Tiere erschaffen, es fehlen noch viele.«

Doch der Esel blickte den Herrn nur stumm an und bewegte sich immer noch keinen Zentimeter.

Da erboste sich Gott und zog dem Esel beide Ohren lang. »Kannst du nicht hören, du störrisches Tier?«

Lang und länger wurden die Ohren des Esels, bis er sich schließlich bequemte und davon mit lautem IA! IA! davon trottete. Endlich konnte Gott mit seiner Arbeit fortfahren.

So kam es, dass der Esel so lange Ohren hat. Doch hören will er noch immer nicht.

Das Kind in mir:
Erinnerungen und Erdachtes

Wenn ich einmal groß bin

Wenn ich einmal groß bin, möchte ich Zauberer werden.

Dann zaubere ich ganz wundervolle Dinge: Den traurigen Menschen zaubere ich ein Lächeln ins Gesicht, den armen Leuten Geld in ihr Portemonnaie und den Kranken ihre Krankheit weg. Simsalabim, zaubere ich die Luft ganz sauber und den Dreck aus den Flüssen und dem Meer und den Müll aus dem Wald und von den Parkplätzen weg.

Ich zaubere Regen in die Länder, wo es immer trocken ist. Und ich lasse die Flüsse in ganz vielen Kurven fließen, damit es keine Überschwemmungen mehr gibt. Für die Hühner in den engen Käfigen lasse ich die Käfige verschwinden, dann können sie immer frei herumlaufen.

Ich mache, dass keine Kinder mehr vor Hunger sterben müssen. Alle Menschen, die gerade einem anderen weh tun wollen, lasse ich plötzlich zu Stein erstarren, so lange, bis sie es sich anders überlegt haben.

Und ich zaubere ein großes, unsichtbares Ohr an den Himmel, das allen Kindern zuhört, wenn sie Kummer haben.

Aber mein größtes, mein allergrößtes Zauberstück, das kommt erst noch. Soll ich es euch verraten?

Also: Ich zaubere alle, alle Waffen auf der Welt weg, damit die Menschen keinen Krieg mehr machen kön-

nen. Vielleicht lasse ich aber auch ein paar Gewehre übrig, aber wenn man damit schießt, kommen vorne aus
dem Lauf nur bunte Papierblumen raus.

Und dann bin ich der allergrößte Zauberer der Welt!

Fragen

Ich frage mich, wie viele Kilos eine Wolke wiegt, wie viele Tropfen Wasser der Ozean fasst und wie Sterne sterben können.

Ich frage mich, wie viele glückliche Millionäre es gibt.

Ich frage mich, warum die Zeit keine Falten bekommt, der Winter sich nie erkältet, warum die Sonne nicht verbrennt und das Meer nicht in sich selbst ertrinkt.

Ich frage mich, wohin die Worte fliegen, wenn ich sie ausgesprochen habe, ob die Dunkelheit sich manchmal vor sich selbst fürchtet und was der Vollmond denkt, wenn er auf die Erde hinunter lächelt.

Ich möchte wissen, was die Welt zusammenhält und ob sie nicht eines Tages zerbricht.

Und ich frage mich, welches wohl die wichtigste Frage der Welt ist.

Das Märchenbuch

Es ist Sonntagvormittag und endlich haben wir Papa wieder überredet, uns etwas vorzulesen. Seufzend holt er das dicke Grimms-Märchenbuch hervor; wir Kinder hocken erwartungsvoll um den Tisch herum, er setzt sich ans Kopfende, schlägt das Buch auf und beginnt: »Es war einmal und ist nicht mehr, ein ausgestopfter...« Weiter kommt er nicht.

»Nein, nein, Papa, nicht das!« protestieren wir lauthals wie aus einem Mund. »Du musst ein richtiges Märchen vorlesen.«

Wir kennen seine Ausflüchte, sein »Märchen« geht so: »Es war einmal und ist nicht mehr, ein ausgestopfter Teddybär, der aß die Milch und trank das Brot, am dritten Tage war er tot.« Ende. Aber wir wollen ein richtiges Märchen. Überhaupt ist das für mich nur eins aus unserem Märchenbuch der Brüder Grimm: Rotkäppchen, Hänsel und Gretel, Schneewittchen, Aschenputtel, Hans im Glück, der Wolf und die sieben Geißlein, König Drosselbart oder der gestiefelte Kater, das will ich hören. Und ich bin überzeugt, dass die Brüder Grimm alle diese Geschichten selbst geschrieben, also auch selbst erfunden haben. Was waren das für zwei schlaue Menschen. Und jetzt möchte ich eins von ihren Märchen hören.

Papa lacht verschmitzt, schlägt das Buch an einer anderen Stelle auf und fängt endlich an: »EswareinmaleinealteGeißdiehattesiebenjungeGeißlein...« Er hat uns schon wieder reingelegt; mit seiner Leier-Stimme liest er, wenn er eigentlich gar nicht lesen oder uns einfach ärgern will. Wieder schimpfen wir.

Nebenan in der Küche hantiert Mama mit den Töpfen und kocht das Sonntagmittagessen; ich achte nicht drauf. Papa ist es, der uns immer vorliest und jetzt soll er endlich richtig lesen.

Er seufzt theatralisch, hebt seine Schultern, lässt sie wieder fallen und fängt schließlich mit seiner normalen Stimme an: »Es war einmal eine alte Geiß, die hatte sieben junge Geißlein...«

Wir kennen die Geschichte fast auswendig und hängen trotzdem an seinen Lippen, so lange, bis alle Geißlein laut rufen »Der Wolf ist tot! Der Wolf ist tot!« und mit ihrer Mutter vor Freude um den Brunnen herum tanzen.

Unsere Kinderwelt ist wieder in Ordnung, und gleich gibt es ein leckeres Mittagessen.

Damals mit den Regenwürmern

Natürlich habe ich als Kind Regenwürmer probiert.

Eines Tages biss ich, in unserem Garten und umringt von der Meute der Nachbarkinder, in ein fettes Exemplar. War es Neugier? Eine Mutprobe? Hatten die anderen, älteren Kinder mir vorgegaukelt, das Wirrwarr auf dem Pappteller vor mir sei Blutwurst-Spaghetti?

Wie dem auch sei - schleimig, schwabbelig landete der Bissen in meinen Mund, und heroisch würgte ich ihn hinunter.

In meiner Hand aber hielt ich noch das kleinere Reststück des Wurms. Und es regte sich! Ich schleuderte es zu Boden, doch es bewegte sich weiter, zappelte vor meinen Füßen, angefeuert vom dröhnenden Gelächter der anderen Kinder.

Und ich wurde von der Gewissheit überrollt, dass der andere halbe Regenwurm meinen Hals hinuntergerutscht war bis in den Bauch und dort weiterlebte. Er würde dort munter herumkriechen und sich satt fressen an meinem Schokopudding und meinem Fruchteis. Er würde wachsen und wachsen, sich wandeln zu einem ellenlangen Bandwurm, wie er im Bauch von Tante Elisabeth gehaust und sich dort dick und rund gefressen hatte.

Ich war fest davon überzeugt, dass ich gerade so ein Exemplar, getarnt als Regenwurm, hinuntergeschluckt hatte. Darum gilt ab diesem Schicksalstag: Ich esse keine Regenwürmer.

Jetzt geht´s zur Sache

Bücher

Über Bücher könnte man Bücher schreiben ... Halt, dies ist ein Buch über Bücher.

Was also könnte ich darüber schreiben?

Zuerst habe ich mir ein DIN-A3-Blatt geholt und all meine Gedanken und Erinnerungen zu Büchern gesammelt. Das Wortgebilde wuchs und wuchs; das Ergebnis - man könnte meinen, ein großes Tohuwabohu: Ein großes Blatt Papier voller umkringelter Worte, verbunden mit Pfeilen; fast sieht es aus wie das Blattwerk eines riesigen Baumes aus der Vogelperspektive.

Wo aber fange ich nun an?

Damit, dass - manchmal ohne mein Zutun - jede Menge Bücher mein Leben begleiten? Da ist das Familienstammbuch, in dem meine Geburt eingetragen ist und in dem irgendwann auch einmal mein Tod bekundet werden wird. Dazwischen liegen Bilderbücher, Malbücher, Liederbücher, Märchenbücher, Schulbücher, Lesebücher, Klassenbücher, Gebetbücher, Freundschaftsbücher, Lieblingsbücher, Sparbücher, Taschenbücher, Wörterbücher, Tagebücher, Telefonbücher, Gesetzbücher, Kochbücher, Haushaltsbücher, Gästebücher, das Grundbuch und erneut das Familienstammbuch, Bilderbücher, Malbücher,...

Wie viele Stunden, Tage, Wochen oder gar Monate werde ich am Ende meines Lebens mit Büchern verbracht haben?

Möchte ich das überhaupt wissen? Eigentlich nicht.

Wichtig sind die Zeit mit den angenehmen, »schönen« Büchern und meine Erinnerungen an das, was ich gelesen, vielleicht auch gelernt habe, an die neuen Welten, in die ich eingetaucht bin, voller Neugier, Spannung oder Wissensdurst. Erinnerungen an Figuren und Bilder, die sich in meinem Gedächtnis eingebrannt haben, an Bücher mit bunten Einbänden und an Eselsohren; an das Rascheln des Papiers beim Umblättern der Seiten.

An all die Büchereien denke ich, in denen ich Bücher ausgeliehen, an all die Buchhandlungen, in denen ich welche gekauft habe. Noch heute gehe ich fast immer mit mehr Büchern aus der Tür hinaus als geplant.

Sie fordern mich, diese Bücher, sie rufen nach und sie flirten mit mir, damit ich sie aus dem Regal nehme

Und zu Hause wollen sie gelesen werden, alle auf einmal.

Dicke Schwarten hole ich mir nur zum Urlaub, weil ich mir dann die Zeit nehme, um in sie einzutauchen. Ein 600-Seiten-Buch im Alltag? Nein, lieber nicht, da ist meine Frustration vorprogrammiert, weil ich mich ständig wieder von dem Buch losreißen muss.

Wie schön ist es, sich in andere Welten entführen zu lassen! Ein Leben ohne Bücher kann ich mir nicht vorstellen. Sie tragen mich fort und sie tragen mich, sie fordern und sie nähren mich.

Bücher - das ist das Universum zwischen zwei Buchdeckeln.

Ja, über Bücher kann man Bücher schreiben.

Die andere Seite der Medaille?
oder: Göttliche Gesichter

»Mama, bist du Gott?«, fragte eine helle Kinderstimme hinter mir.

Ich stand am Bonner Hauptbahnhof in der Schlange vor einem Schalter im Reisezentrum und sah mich um.

Die Stimme gehörte einem Mädchen, dunkelhäutig, mit üppigen wohl geformten Lippen und pechschwarzem halblangen Haar, das in viele kleine Rasterzöpfe geflochten war, an deren Enden je ein Haargummi oder eine bunte Perle saß. Das Mädchen mochte sechs oder sieben Jahre alt sein und war eingepackt in einen warmen roten Anorak. In der Hand hielt es eine kleine rosa Plastikkamera.

Die Mutter lächelte: »Nein, ich bin nicht Gott.«

Sie war schön, ebenso dunkelhäutig wie ihre Tochter, mit vollen, geschwungenen Lippen, dunklen Augen, einer makellosen Haut. Die schwarzen Haare steckten fast vollständig unter einer braunen Wollmütze; auch sie trug eine dicke Jacke.

Die beiden schwiegen eine Weile. Das Mädchen drückte einige Male auf den Auslöser ihrer rosa Kamera. Das klick, klick, klick ähnelte dem Klicken eines echten Fotoapparats. Als die beiden weiter sprachen, hörte ich nicht mehr hin.

Mama, bist du Gott?

Gedankenfetzen wirbelten mir im Kopf herum, setzten sich zu Fragen zusammen, die mich bis nach Hause begleiteten.

Hätte die Frau Gott sein können? Ist Gott männlich? Oder weiblich? Hat Gott überhaupt ein Geschlecht, so wie wir es kennen? Kann es eine weibliche Seite Gottes geben?

Dann stand sie vor mir, die wichtigste erste Frage: Was ist denn überhaupt das Prägende an der Weiblichkeit?

Früher wurde die Erde häufig »Mutter Erde« genannt; früher lebten die Menschen am »Busen der Natur«. Heute treten wir diese Mutter mit Füßen, heute verschmutzen, verpesten und zerstören wir ihren Busen.

Beim chinesischen Yin-Yang-Symbol steht Yin für das weibliche Prinzip: Dunkelheit, Schatten, Nacht, Mond, Erde, Winter, Kälte, Stille, Passivität, Weichheit, Traurigkeit. Mit vielen dieser Begriffe als »weiblich« habe ich meine Probleme. Für mich ist das prägende weibliche Element erst einmal die Fruchtbarkeit, das Empfangen und Gebären können.

Bis vor wenigen Generationen galt noch die Überzeugung, dass das Sorgende, das Fürsorgliche die Domäne der Frauen sei. In der Tierwelt sind es oft die Weibchen, die die Brutfürsorge übernehmen, aber bei weitem nicht immer. Die Pinguinmännchen harren genau so, dicht aneinander gedrängt, wochenlang bei klirrender Kälte bei ihren Jungen aus, während die Weibchen auf Nahrungssuche gehen.

Längst ist es nichts Ungewöhnliches mehr, wenn ein Mann allein einen Kinderwagen schiebt, ein junger Vater selbstverständlich Erziehungsurlaub nimmt und wenn ein »Hausmann« in der Nachbarschaft wohnt und die Kinder versorgt. Auch die Zahl allein erziehender Väter wächst stetig. Gesellschaft wandelt sich.

Gott bleibt.

Als gewesene Katholikin denke ich bei dem Wort »Weiblichkeit« zwangsläufig auch an die römisch-katholische Kirche. Wie geht sie mit den Frauen um? An den entscheidenden Stellen verbannt sie sie immer noch aus den klerikalen Reihen, und somit auch ihre Weiblichkeit. Maria hat Jesus geboren, so glauben es die Christen, sie war die Mutter des Gottessohnes. Aber die römisch-katholische Kirche duldet noch immer keine Frau als Priesterin, kein Gedanke wird daran verschwendet, dass jemals eine Frau zur Päpstin gewählt werden könnte.

Das soll Gottes Wille sein?

Und wie steht es nun um eine männliche oder weibliche Seite Gottes? Hat Gott überhaupt (diese) zwei Seiten? Und was wäre dann die männliche? Wenn es schon bei uns Menschen so viele Mischformen zwischen männlich und weiblich gibt, wie kann man Gott auf so wenig reduzieren?

Für mich ist Gott keine Medaille mit zwei Seiten. Er ist allumfassend, er hat viele Seiten und vereinigt alles in sich. Er ist eine Kugel, die rund ist und bei der sich das Eine mit dem Anderen verbindet, bei der ich nicht Anfang und Ende ausmachen kann. Oder er ist ein Kaleidoskop, ständig in Bewegung, bunt und schillernd, immer seine Form verändernd – faszinierend, fließend und immer wieder neu. Immer muss ich genau hinsehen, damit ich die Feinheiten erkenne.

Ich denke wieder an das Mädchen mit ihrer Mutter im Hauptbahnhof. Was hätte die Mutter wohl geantwortet, wenn hätte das Mädchen gefragt hätte: »Mama, bist du göttlich?«

Hätte sie gesagt: »Ja, so wie du auch.«?

Berta Lungstras - eine mutige Kämpferin

Gestatten, geneigte Leserin, geneigter Leser, dass ich mich vorstelle: Berta Lungstras.

Zwar bin ich bereits seit mehr als einhundert Jahren tot, doch mein Name lebt weiter, und sicher bist Du ihm schon begegnet: Im Bonner Stadtteil Tannenbusch gibt es eine Straße, die 1934 nach mir benannt wurde. Das erfüllt mich mit großem Stolz!

Eine »moderne Sozialarbeiterin zu Kaisers Zeiten« haben mich zwei Journalisten in Deinem Zeitalter genannt. Und für immer bleibt mein Name verbunden mit den gefallenen Mädchen und der Wickelburg.

Gefallene Mädchen, so nannte man die jungen Frauen, die ein uneheliches Kind geboren hatten.

Als Erste habe ich Ende des 19. Jahrhunderts ein Heim für diese ledigen jungen Frauen und ihre Kinder geschaffen. Lange Jahre kämpfte ich gegen große Vorurteile. Doch Schritt für Schritt änderten die Bonner ihre Meinung - wobei ich, das sei nicht verschwiegen, tatkräftig und wortgewandt - nachgeholfen habe.

Aber der Reihe nach:

Ich wurde am 21. Dezember 1836 in Wahlscheid an der Agger geboren. Mein Vater, ein evangelischer Pfarrer, war früh verstorben, und ich zog als 22-Jährige mit meiner Mutter nach Bonn. Also war ich keine Bönnsche, keine Eingeborene, sondern nur eine Bonnerin, eine Zugereiste. Heute würdest Du sagen: eine Immi.

Andere Frauen heirateten in diesem Alter oder waren bereits unter der Haube. Doch ich wählte einen anderen Weg. Zunächst widmete ich mich lange Jahre den Alten und Armen. Ich sah viel Elend, doch konnte ich durch meine zupackende Art so manches Los erleichtern. Die Lage der gestrauchelten jungen Frauen, der gefallenen Mädchen, blieb mir nicht verborgen.

Weil ihnen das Geld für eine Hebamme fehlte, gingen sie zur Entbindung in die Universitätsentbindungsanstalt, denn hier versorgte man sie kostenlos. Zwölf Tage nach der Niederkunft wurden sie entlassen, und viele von ihnen wussten nicht, wohin. Sie waren ohne Familie, die Väter der Kinder hatten sie sitzen lassen, zahlten keinen Unterhalt. So standen diese jungen Mütter mit ihrem Kind auf der Straße.

Eines Tages bat mich eine dieser Frauen um Hilfe. Ihr Kind war kurz nach der Geburt gestorben, und sie suchte verzweifelt eine Stelle.

Ich lehnte ab. Was hatte ich als aufrechte Frau mit solch einer Person zu tun?

Sie kam wieder. Erneut schickte ich sie fort, wenn auch nicht leichten Herzens. Denn wie auch immer sie in diese missliche Lage gekommen war, allein und ohne Unterstützung würde sie nur noch tiefer fallen.

Doch war sie so verzweifelt, dass sie mich ein drittes Mal um Hilfe anflehte. Das war für mich ein Zeichen Gottes – alle meine bisherigen Bedenken hatte ich nun zurückzustellen. In der Verwandtschaft, bei Freunden und Bekannten bat ich um finanzielle Unterstützung, stieß auf viel Ablehnung, aber auch auf christliche Nächstenliebe.

Am 15. September 1873 war es endlich soweit: Mit zwei Frauen und vier Kindern konnte ich in der Maxstraße Nr. 1 in ein gemietetes Haus ziehen. Das erste Versorgungshaus für gefallene Mädchen weltweit!

Natürlich wurde ich angefeindet. Man tuschelte hinter meinem Rücken, zeigte mit dem Finger auf mich, die sich mit Dirnen abgab. Doch ich blieb standhaft, vertraute auf Gott und kämpfte weiter für mein Ziel.

Aber es gab viel Krankheit und Tod in dieser engen, dunklen, unhygienischen Bleibe. Wie zerriss es mir das Herz, als der kleine Hermann, der mit mir eingezogen war, nach vielen schweren Krankheiten im Sommer 1874 schließlich an der Cholera starb.

Eine bessere Lösung musste her. Also sammelte ich unermüdlich weiter Geld, ließ die scheinheiligen Lästermäuler reden. Denn nun wusste ich, dass viele der gefallenen Mädchen nicht aus freien Stücken in diese Lage gekommen waren. Was war mit dem Dienstmädchen, das dem Herrn zu Willen gewesen war, nur aus Angst, die Arbeitsstelle zu verlieren? Oder dem gar Gewalt angetan worden war? Was war mit den anderen, die den leeren Versprechungen der Handwerksburschen, der jungen Studenten und der Soldaten blinden Glauben geschenkt hatten?

Man muss die Männer da packen, wo es ihnen am meisten weh tut: bei der Ehre. Und da packte ich sie, die Väter der Kinder, die ehemaligen Hausherren, die Universitätsprofessoren und Offiziere, die für die Verfehlungen ihrer Zöglinge und Untergebenen in die Tasche griffen. Aber auch viele ehrwürdige Frauen gewährten mir die Unterstützung, die ich für meine Schützlinge so dringend brauchte, spendeten Geld und Sachgaben.

Als ich genug finanzielle Mittel beisammen hatte, kaufte ich in der Weberstraße 68 ein großes Haus, hell und luftig, mit Garten und Spielplatz. Welch ein Unterschied zur Maxstraße.

Und ich sammelte und überzeugte weiter, so dass später noch Nachbarhäuser in der Weberstraße hinzukamen. Nun sprach man von der Wickelburg, teils abfällig, teils bewundernd.

Ich führte streng Buch über alle Mädchen und ihre Kinder, die ich aufnahm. Und ich stellte eine klare Regel auf: Es sollten nur diejenigen Aufnahme finden, die das erste Mal gefallen waren. Denn bei ihnen bestand die größte Hoffnung, dass sie in ein gutes bürgerliches Leben zurück fanden. Und wie oft gelang das!

Die jungen Frauen konnten sich in der ersten Zeit um ihre Kinder kümmern, dann suchte ich ihnen eine Arbeitsstelle, damit sie Geld verdienen und auf den rechten Pfad zurück gelangen konnten.

Mehr als 2.000 Mädchen und ihren Sprösslingen habe ich im Laufe von 30 Jahren ein Dach über dem Kopf gegeben und die Chance auf eine neue Zukunft geboten.

Meine Arbeit diente anderen deutschen Städten und anderen Ländern als Vorbild.

Auch für alkoholkranke Frauen setzte ich mich später ein. Selbstverständlich wäre all das Erreichte ohne meinen tiefen Glauben und ohne Gottes Hilfe niemals möglich gewesen. Nur ER und mein Glaube an IHN gaben mir die Kraft und das Durchhaltevermögen, gegen alle Widerstände und alle Widrigkeiten weiter für meine Schützlinge zu kämpfen, jeden Tag aufs Neue. Meine Lippen wurden schmaler mit den Jahren und mein Rücken breiter - aufgegeben habe ich nie.

Am 20. Juli 1904 rief Gott mich schließlich zu sich. Doch mein Werk lebte lange weiter.

Und wenn Du möchtest, liebe Leserin, lieber Leser, statte meinem Grab auf dem Alten Friedhof im Bonner Zentrum einen Besuch ab. Oder komm nach Bonn-Tannenbusch in meine Straße.

Ich freue mich über jeden Besuch.

Quellen

Für die Informationen über Berta Lungstras habe ich verschiedene Quellen benutzt. Dennoch habe ich mir beim Verfassen dieses Textes ein gewisses Maß an literarischer Freiheit erlaubt.

Juliette Breuer, Berta Lungstras und das Versorgungshaus für „gefallene Mädchen", in: Auf den Spuren der Bonnerinnen, Arbeitsgemeinschaft Frauengeschichte - Bettina Bab, Britta Contzen, Ulrike Just, Anne Vechtel, Dr. Susanne Wilking (Hrsg.), Bonn, 1995

Helmut Böger u. Gerhard Krüger, Berta Lungstras, in: Berühmte & berüchtigte Bonner, Verlag M. Krumbeck, Graphium press, Wuppertal, 1991

Wikipedia vom 18.11.2011:
http://de.wikipedia.org/wiki/Berta_Lungstras

Internetseite des Deutschen Evangelischen Frauenbundes e.V. vom 18.11.2011:
http://www.def-bonn.de/index.php/erfolgsgeschichte

Von Täuschungen und Tarnkappen

26 Buchstaben besitzt die deutsche Sprache; hinzukommen Sonder- und Umlaute und die Satzzeichen. Verglichen mit japanischen oder chinesischen Schriftzeichen ist das nicht sehr viel. Doch diese überschaubare Anzahl von Lauten und Zeichen genügt im Normalfall für unsere mündliche und schriftliche Verständigung. Und dort, wo sie nicht ausreicht, gibt es Sonderformen wie die Gebärdensprache, die Blindenschrift.

Mit Sprache ist es möglich zu kommunizieren, Menschen zu informieren, zu unterhalten. Aber auch zu verunsichern, zu ängstigen, zu erzürnen, zu manipulieren, bewusst in die Irre zu führen. 26 Buchstaben - auch um zu tarnen und zu täuschen, um Tarnnetze daraus zu flechten.

Was ist Tarnung? Es ist Camouflage, Maskierung, Verhüllung, Vermummung, Verschleierung. Wann aber tarnt Sprache? Wie macht sie es? Und warum tarnt Sprache bzw. der Sprecher?

Lassen wir die ungeheuerlichen Sprachschöpfungen der Nationalsozialisten - wie zum Beispiel die »Judenfrage«, die »Konzentrationslager«, die »Endlösung« - einmal beiseite, so stoßen wir im Alltagsleben auf genügend Beispiele für sprachliches Verschleiern, auf Phrasen und Floskeln.

Schon vor vielen Jahren stieß ich in einer Veröffentlichung auf das »automatische Schnellformuliersystem« eines angeblichen EU-Beamten. Dieses System, mit einem Augenzwinkern zu nutzen, besteht aus einer Liste von dreißig »sorgfältig ausgesuchten Schlüsselwörtern«. Mit ihrer Hilfe werde ich beim Formulieren unschlagbar und gleichzeitig undurchschaubar.

Da wimmelt es von
konzentrierten, integrierten, permanenten, systemati-
sierten, funktionellen, …
Führungs-, Koalitions-, Wachstums-, Aktions-, Über-
gangs- …
- strukturen, - flexibilitäten, -konzeptionen, -phasen,
-problematiken, -kontingenzen …
Die Worte und Teile können beliebig kombiniert und
in jedem Lebensbereich eingesetzt werden. Welch ein
praktisches Hilfsmittel für alle, die viel reden müssen,
aber nichts Konkretes sagen wollen.

Wie schön kann ich mit solch einer Phrasendreschma-
schine den Anschein erwecken, als sei ich fachlich ver-
siert, in Wirklichkeit aber nichts als meine Unwissenheit
oder Unsicherheit verbergen. Ebenso drücke ich mich
damit geschickt davor, etwas Konkretes von mir zu
geben. Klare Punkte und Ziele, an denen zum Beispiel
Bürger und Wähler Politiker messen könnten.

Gerade Politikern wird oft vorgeworfen, dass sie viel
reden und nichts sagen. Da geht es um »konzentrierte
Organisationstendenzen«, »progressive Aktionsstruk-
turen« und, nicht zuletzt, um »alternativlose Über-
gangsphasen«. Aufgeblasene Luftballons, die mit lautem Knall zerplatzen, sobald man mit der Nadel hinein
sticht, von denen nichts als Luft und die leere Hülle
übrig bleibt.

Doch auch wer tatsächlich Informationen weiter geben will, kann sie auf unterschiedliche Weise formulieren. Er kann sie in einfache verständliche Sätze packen –
oder er wählt bewusst komplizierte Satzstrukturen und
Fremdworte, die nicht jeder versteht. Derart verschleiert, vermitteln die Aussagen den Eindruck von beson-
derer Wichtigkeit, schenken dem Verfasser den Nimbus

von Gelehrtheit. Selbst wenn es sich um einen eher banalen Inhalt handelt.

So fragt der Kommunikationspsychologe Friedemann Schulz von Thun in einem seiner Bücher u.a.: Was ist *Verständlichkeit*? Er präsentiert die *Einfachheit* und die *Kompliziertheit* als Personen, und beide stellen sich dem Leser vor. Die Kompliziertheit lässt er – als negatives Beispiel – sagen: »*Mein Name, welcher sich als kontradiktorischer Gegensatz zu dem soeben vorgestellten Gegenpol ergibt, subsumiert all jene stilistischen Charakteristika, die die Rezeption auf der Wort- und Satzebene behindern, wobei extrem verschachtelte Satzkonstruktionen ebenso wie die multiple Verwendung von Fremd-, Fach- und sonstwie esoterischen Wörtern zu einem (nicht selten auch Prestigezwecken dienenden) hoch-elaborierten Sprachmuster auf meist hohem Abstraktionsniveau beitragen.*« [*]

Will sagen: Ich liebe es, mich kompliziert und unverständlich auszudrücken, und die anderen sollen ruhig zu mir aufschauen.

Verschleiert – oder einfach nur aufgeblasen?

Ich für meinen Teil bewundere Menschen, die komplexe Sachverhalte klar und einleuchtend darstellen können. Nicht umgekehrt.

Auch schätze ich Gesprächspartner, die nicht ständig das kleine feine Wörtchen *man* (oder »genderfreundlich« auch *frau*) benutzen, wenn sie *ich* meinen. Wie oft versteckt sich jemand hinter diesen drei Lettern - wie das kleine Kind, das die Hände vors Gesicht hält und glaubt, nun sei es nicht mehr zu sehen.

---

[*] Zitat aus: Schulz von Thun, Friedemann, Miteinander reden 1, Störungen und Klärungen, Allgemeine Psychologie der Kommunikation; Rowohlt 1981, S. 143.

Da heißt es: »Man wird ja wohl noch fragen dürfen, oder?« anstatt: »Ich werde ja wohl noch fragen dürfen.«

Will ich etwas Allgemeingültiges sagen, etwas, das für die meisten von uns gilt, kann ich das Wort *man* ohne Weiteres benutzen. Geht es aber tatsächlich um mich persönlich, um meine Meinung, meine Befindlichkeit oder Ähnliches, sollte ich so offen und ehrlich sein und *ich* sagen.

Wenn ich wutschnaubend speie: »Man könnte sich darüber ärgern!«, weiß jeder, dass ich meine: Ich ärgere mich darüber! Warum sage ich es nicht klar und deutlich? Mein Gegenüber sieht mich doch sowieso hinter meinen vorgehaltenen Kinderhändchen.

Was aber ist mit der Augenwischerei, die Politik, Wirtschaft und Werbung betreiben, wenn sie »umweltfreundliche« Autos anpreisen? Wir Wähler und Verbraucher sollen eingelullt werden in unserer Illusion, der Umwelt nicht mit jedem gefahrenen Autokilometer Schaden zuzufügen. Es gibt keine umweltfreundlichen Autos, sie belasten Mensch und Natur immer mehr oder weniger stark: Bei ihrer Produktion, bei der Auslieferung zum Kunden, ob per Schiff oder per Lkw, bei ihrem eigentlichen Zweck, wenn wir mit ihnen durch die Straßen fahren oder im Stau stehen, und zu guter Letzt auf ihrem Weg zur Verschrottung.

Dass es in diesem Zusammenhang nur hilft, wenn wir so oft wie möglich auf das Auto verzichten, auf den öffentlichen Nahverkehr umsteigen oder auf die viel gescholtene Bahn, das Fahrrad, die eigenen Füße, das wird geflissentlich verschwiegen. Hier soll unser bequemer westlicher Lebensstil betoniert werden, damit es die Automobilindustrie stärkt und die dortigen Arbeitsplätze sichert.

Um kein falsches Bild von mir abzugeben: Auch ich fahre Auto und möchte nicht ganz darauf verzichten. Aber ich wehre mich gegen den Anschein, als seien unsere Autos, auch die mit der neuesten Technologie, kein Problem für die Umwelt.

Um im Bereich Berufs- und Arbeitsleben zu bleiben: Hier heißt »jemanden freisetzen« beschönigend nichts anderes, als die Person zu entlassen. Da wird ein hartes persönliches Los sprachlich in glitzerndes Geschenkpapier gepackt.

Und dann bekommt der (oder die) so »Freigesetzte« ein Arbeitszeugnis mit auf den Weg, das größtenteils aus einer Reihe von Standardfloskeln besteht. Was sich so schön und lobend anhört, kann versteckt eine herbe Kritik an den Leistungen des Arbeitnehmers bedeuten.

Steht in seinem Arbeitszeugnis »Er hat sich stets bemüht, die an ihn gestellten Anforderungen zu erfüllen«, ist das, trotz der schönen Worte, eine schlechte Beurteilung.

Der Satz bedeutet nämlich nichts anderes als: »Er hat sich zwar bemüht, aber ohne Erfolg.«

Auch »die Aufgaben zur vollen Zufriedenheit erfüllt zu haben« ergibt in Schulnoten ausgedrückt nur eine Drei, ein Befriedigend.

Es muss »stets« oder »immer« oder »jederzeit« gewesen sein. Und erst wenn er die Anforderungen »stets zur vollsten Zufriedenheit erfüllt« hat, bestätigt das dem ehemaligen Mitarbeiter eine exzellente Arbeit.

Im Zeitalter der allgegenwärtigen Medien und des Internets kann sich jeder Betroffene schnell selbst informieren, was sein Arbeitszeugnis in Wahrheit aussagt – und ggf. versuchen, sich dagegen zu wehren.

Warum aber wird noch immer an diesen Formulierungen festgehalten, an Formulierungen, die allesamt positiv klingen, zum Teil aber etwas ganz Anderes aussagen? Warum haben sich diese verschlüsselten Hinweise der Personalleiter eingebürgert und halten sich noch immer? Warum hat das Bundesarbeitsgereicht in Erfurt diese Praxis im Herbst 2014 wieder bestätigt?

Wollen die Personalleiter dem betreffenden Arbeitnehmer Honig um den Bart schmieren und so tun, als wünschten sie ihm weiterhin alles Gute und Erfolg? Wollen sie nicht, dass er mit einem ausgesprochen schlechten Zeugnis vor Gericht zieht?

Oder gibt es möglicherweise noch andere Gründe? Brauchen wir Menschen gar »das Positive«, das Erträgliche für unser Zusammenleben?

Ertragen wir die nackte Wahrheit nicht? So wie es eine alte rabbinische Geschichte von der Wahrheit und dem Märchen erzählt:

Die Wahrheit ging durch die Straßen, ganz nackt, und niemand wollte sie kennen. Da traf sie das Märchen, bunt und geschmückt in vielen Farben, und von den Menschen geliebt. Das Märchen gab der traurigen Wahrheit von seinen bunten Kleidern und seitdem gingen sie zusammen, die Wahrheit und das Märchen …

Aber *tarnt* ein Märchen die Wahrheit?

Um etwas zu tarnen, muss ich es geschickt verpacken, so dass es nicht sofort sichtbar, nicht leicht erkennbar ist. Eine Tarnkappe in Märchen und Mythologie macht unsichtbar. Sie zaubert scheinbar eine Person weg, Niemand kann sie sehen, obwohl sie tatsächlich aber noch da ist. Im wahren Leben trägt ein Infanteriesoldat seine grün-braun gemusterte Unform, damit er in der Natur, im Wald, im Gelände mit dem Hintergrund optisch eins wird und damit nicht so schnell zu erkennen ist. Das Auge des Betrachters wird getäuscht, die Muster und Farben der Uniform spielen mit seiner Wahrnehmung. Nichts anderes macht das Chamäleon, wenn es sich mit seiner Farbe dem jeweiligen Hintergrund anpasst. Es ist ein reiner Selbsterhaltungstrieb, damit der Feind es nicht entdeckt.

Wenn im Märchen die Wahrheit anschaulich, eindringlich, bildlich eingebettet ist, verkleidet als schön-schaurige Geschichte mit einem guten Ende, dann ist das keine bösartige Täuschung. Dann ist es eine Jahr- und Jahrhunderte alte Methode, mit den archaischen Bildern, Symbolen und Figuren unser Innerstes zu erreichen, um uns Zuhörern eine Identifikation, eine Erkenntnis, eine Lösungsmöglichkeit in einer bestimmten Lebenssituation aufzuzeigen. Ein Märchen verkleidet die Wahrheit, die Weisheit unserer Menschheit, damit wir uns überhaupt darauf einlassen können, bereit sind, sie anzuhören. Märchen machen die Wahrheit, die Weisheit unserer Vorfahren erst anschaulich, annehmbar und verständlich.

Märchen sprechen in einer Symbolsprache zu uns. Symbole verschleiern und verstecken nicht, sondern bringen etwas auf den Punkt, bieten es in kompakter bildhafter Form dar. Sie erreichen nicht unseren Intellekt, nicht das lineare, logische Denken, sondern unser bildhaftes, phantastisches und kreatives Denken, das in der anderen Hirnhemisphäre wohnt - bei Rechtshändern in der rechten, bei Linkshändern in der linken. Dort, wo böse Hexen und Zauberer, gute Feen und hilfreiche Geister zu Hause sind. Dort, wo es Tarnkappen gibt, die unsichtbar machen.

Über mich

Als waschechte Ostwestfälin hat es mich ins Rheinland verschlagen, wo ich mich - nach vielen Auslandsjahren – wieder sehr wohl fühle.

Ich bin gelernte Dipl.-Verwaltungswirtin, seit 2007 aber freiberuflich mit Wort und Stift unterwegs.

Was ich als Autorin schreibe? Meistens liebe ich es kurz und bündig (auf die Essenz reduziere ich dann bei meinen Aphorismen). Manchmal darf es aber auch etwas mehr sein, wie bei „Heinrich".

Neben Prosa schreibe ich Gedichte, mal humorvoll, mal ernst, mal sehr poetisch.

Als Poesiepädagogin verführe und unterstütze ich Menschen zum bzw. beim Schreiben.

Neugierig geworden? Mehr zu erfahren gibt es unter: www.wort-und-stift.de

Quellennachweis

Schlüsselkind
in: Landschreiber 4; Sprache und Seinskategorien; Beiträge zum Landschreiber-Wettbewerb. Hrsg. Siewert, Klaus, unter Mitarbeit v. Behr, Daniel. Verlag auf der Warft im Geheimsprachen Verlag, Hamburg Münster, 2017.

Silberhochzeit
in: Mein Herz am Meer. Hrsg. Marie Rossi. Elbverlag Magdeburg. Nov. 2016.

Vergesslich?
in: Futsch und weg? Hrsg. Waltraud Weiß. wort und mensch-Verlag, Köln, 2008.

Königssee
in: 30 ; Die Anthologie zu 30 Jahre BvjA. Redaktion: Ursula Schmid-Spreer, Martin Meyer. Edition BvjA, 2017

Die Bergtour
in: Und wieder mal Krimis; Anthologie; net-Verlag, Tangerhütte, 2017.

Die Parkbank
in: Tafelspitzen 2009. Hrsg.: Dußler, Frank/ Hofmann, Martin/ Störch, Klaus. kleine hattersheimer hefte 17, Herbst 2010. Caritas Main-Taunus/ Haus St. Martin am Autoberg

Heinrich
in: Schattenzeit; Erzählungen. Hrsg. Barbara Ter-Nedden. Kid-Verlag, Bonn 2015.

Grimmwelt in Kassel: Originalbeitrag

Das Märchen vom Bücherregal
in: Bücher. Mein Lebenselixier. Hrsg. Waltraud Weiß. wort und mensch-Verlag, Köln 2006.

Waffen für den König: Originalbeitrag

Die klugen Schafe
in: Fabelhaft gegen Gewalt. Sammelwerk des Burgenländischen Forums gegen Gewalt. Hrsg. LR Verena Dunst, Mag. Christian Reumann f. d. Forum Gewaltfreies Burgenland, Eisenstadt, Österreich, 2009.

Wie der Esel zu seinen lange Ohren kam: Originalbeitrag

Wenn ich einmal groß bin
in: Kinder sind unser Leben. Hrsg. Waltraud Weiß. wort und mensch-Verlag, Köln 2004.

Fragen
in: Ich – über mich; Was mir auf der Seele brennt, Hrsg. Waltraud Weiß. wort und mensch-Verlag, Köln 2005.

Das Märchenbuch
in: Bücher. Mein Lebenselixier. Hrsg. Waltraud Weiß. wort und mensch-Verlag, Köln, 2006.

Damals mit den Regenwürmern: Originalbeitrag

Bücher
in: Bücher. Mein Lebenselixier. Hrsg. Waltraud Weiß. wort und mensch-Verlag, Köln, 2006.

Die andere Seite der Medaille?
in: Die weibliche Seite Gottes, Hrsg. Waltraud Weiß. wort und mensch-Verlag, Köln 2007.

Berta Lungstras - eine mutige Kämpferin
in: Das Tannenbuch; Geschichten und Gedichte aus dem Tannenbusch.
Schreibwettbewerb 2011 – 2012. Hrsg. „Initiative Tannenbu(s)ch". Free Pen Verlag, Bonn 2012.

Von Täuschungen und Tarnkappen
in: Landschreiber 3; Sprache und Tarnung; Beiträge zum Landschreiber-Wettbewerb. Hrsg. Siewert, Klaus, unter Mitarbeit v. Behr, Daniel. Verlag auf der Warft im Geheimsprachen Verlag, Hamburg Münster 2015.